Season19

▲ Episode 18

相棒

◀ Episode 17

▶ Episode 15

▼ Episode 14

Season19

▲ Episode 18

相棒 season19

下

脚本・輿水泰弘ほか／ノベライズ・碇 卯人

朝日文庫

本書は二〇二〇年十月十四日〜二〇二一年三月十七日にテレビ朝日系列で放送された「相棒　シーズン19」の第十四話〜第二十話の脚本をもとに、全六話に構成して小説化したものです。小説化にあたり、変更がありますことをご了承ください。

相棒 season19 下

目次

＊小説版では、放送第十九話「暗殺者への招待」および第二十話「暗殺者への招待～宣戦布告」をまとめて一話分として構成しています。

装幀・口絵・章扉／大岡喜直（next door design）

杉下右京　警視庁特命係係長。警部。
冠城亘　警視庁特命係。巡査。
小出茉梨　家庭料理〈こてまり〉女将。元は赤坂芸者「小手鞠」。
伊丹憲一　警視庁刑事部捜査一課。巡査部長。
芹沢慶二　警視庁刑事部捜査一課。巡査部長。
出雲麗音　警視庁刑事部捜査一課。巡査部長。
角田六郎　警視庁組織犯罪対策部組織犯罪対策五課長。警視。
青木年男　警視庁サイバーセキュリティ対策本部特別捜査官。巡査部長。
益子桑栄　警視庁刑事部鑑識課。巡査部長。
大河内春樹　警視庁警務部首席監察官。警視正。
中園照生　警視庁刑事部参事官。警視正。
内村完爾　警視庁刑事部長。警視長。
衣笠藤治　警視庁副総監。警視監。
社美彌子　警視庁総務部広報課長。警視正。
甲斐峯秋　警察庁長官官房付。

相棒

season
19下

第十三話
「忘れもの」

一

家庭料理〈こてまり〉の女将、小手鞠こと小出茉梨は引き戸を開けて顔をのぞかせた。

「雨、上がったようですよ」

夜空を見上げて、店内の男性客に声をかけた。女将と同年配に見える男が出てきて、外を眺めた。

「あっ、本当ですね」

小手鞠は男の手荷物である変わったデザインの手提げ袋を渡した。

「今度はゆっくりいらしてくださいね。雨宿りじゃなくて」

「また来ます。どうもお世話さま」

男は袋を受け取ると、一礼して店をあとにした。小手鞠がその背中に呼びかけた。

「ありがとうございました」

店内に戻った小手鞠は、男が座っていたカウンター席に男物のハンカチが置きっぱなしになっていることに気づいた。

「あら？　忘れもの……」

急に降ってきた雨をしのぐために男が店に入ってきたときに、濡れた衣服や手提げ袋を拭くために使ったものだと思われた。小手鞠が乾いたタオルを差し出したので、それを受け取った際にぽんとカウンターに置き、そのまま忘れてしまったのだろう。いまなら追いかければ間に合うかもしれない。小手鞠がハンカチを手に取ったところに、常連客である警視庁特命係の冠城亘（かぶらぎわたる）が入ってきた。

「こんばんは」

「いらっしゃいませ！　すみません。ちょっとだけ、店番お願いしてもよろしいでしょうか？」

亘の後ろには上司の杉下右京（すぎしたうきょう）の姿があった。

「おや、お出かけですか？」

小手鞠がハンカチを掲げた。

「お客さまの忘れもの。まだその辺にいらっしゃると思うので、届けてきますね」

「留守は警察官がお預かりします」

亘の冗談めかしたことばに、小手鞠が笑う。

「頼もしい。すぐに戻りますから、もしよろしければ、ビールでも開けて飲んでいらしてください」

「お気遣いなく。いってらっしゃい」

右京に送られ、小手鞠は「すみません」と言い残して、店から出ていった。

店の外では、右京を尾行してきたサイバーセキュリティ対策本部の特別捜査官、青木年男(あおきとしお)が〈こてまり〉をうかがっていた。

「杉下右京が通いつめる店か……。およそ家庭とは相いれない男が、家庭料理の店とは笑わせるな」

青木が独りごちていると、女将らしき女が引き戸を開けて現れた。青木は、その顔に見覚えがあった。銀座で右京にネクタイを見繕っていた女性だったのだ。青木はふたりの関係を邪推し、噂話を警視庁中にばらまいた。そのときは右京に根も葉もないでたらめだと否定されたのだが……。

「やっぱり、ワケありなんじゃないの？」

興味を引かれた青木は、女将の後を追うことにした。

〈こてまり〉の店内では、亘がカウンターに残された一客の湯呑みと一本のおしぼりに目をやった。

「ひとり客だったようですね。常連ですかね？」

「どうでしょう？」右京が否定的な見解を示した。「常連さんなら、忘れものは次に来たときに渡しそうなものですが」

「ですね。飲んでましょうか？」

亘は待ちきれないようすだったが、右京は慎み深かった。

「いえ、少し待ちましょう。すぐに戻るでしょうから」

〈こてまり〉を出た男が駅に向かって歩いていると、スマホにメールが着信した。男がメールを開く。

高岩卓からのメールで、件名はなく、本文も一文だけだった。

――例の件バレた。

「えっ。バレたって、どういうことだよ？」

男が驚いていると、今度は高岩から電話がかかってきた。事情を確認しようと、すぐに電話に出る。

「あっ、高岩さん？　いまどこです？　バレたって……なにをどこまで知られたんですか？」

――全部だよ、先生。

ところが相手は、高岩とは似ても似つかない声だった。

「誰ですか？　あなた……」

――俺たちから金をかすめ取るとは、いい度胸だな。

相手のどすの利いた声に、男の声が震える。

「あの、高岩さんは？」

――いま、会わせてやるよ。

相手はそう言うと、直後にメールを送ってきた。送られてきたのは、暴行を受けて顔面血だらけの生気のない高岩の写真だった。

「ああっ！」

絶句する男をいたぶるように、相手は言った。

――そこにいな。いま、迎えに行くから。

「待ってください！　話を聞いて……」

男のことばもむなしく、電話は切られてしまった。

「どうしよう……」

男はとっさに思いついて、スマホで羽田空港発の国際線の時刻表を検索した。しかし、暗くて文字がよく読めなかった。老眼鏡を取り出してかけたとき、背後から声がかかった。

「お客さん！」

ビクッとして振り返った男の前に立っていたのは、小手鞠だった。

「さっきの店の……。なにか用ですか？」

小手鞠が顔を寄せて、男をじっと見た。

「もしかして……中迫俊也くん？　第八西高校の」

「はい？」

「わたし、ほら、隣のクラスの……」

中迫と呼ばれた男も、女将が誰か気づいた。

「ああ！　小出？」

「そう、小出茉梨。なんだ、中迫くんだったんだ。さっきはわからなかったなあ。だってほら、眼鏡してなかったから」

「コンタクトなんだ。そっちこそ、見違えたよ」

「卒業以来だもんね。何十年ぶり？　お互い年取ったね」

「ごめん……いま、急いでるから」

嬉しそうに話す小手鞠を振り切るように、中迫がそそくさと歩き出した。

「あっ、ちょっと……」

小手鞠がハンカチを掲げたとき、通りの向かい側に黒塗りの車が急ブレーキをかけて停まり、中から黒服の男ふたりが降りてきた。

中迫はとっさに顔を逸らし、小手鞠と向き合った。

「いやあ、奇遇だなあ。雨宿りに入った店で同級生と再会するなんてさ。映画みたいだよ」

　中迫は空車のタクシーが来たのを横目でとらえ、手を挙げた。

「じゃあ、また！　タクシー！」

「ちょっと待ってよ」

　タクシーに乗り込もうとする中迫に、小手鞠がハンカチを渡そうと駆け寄った。中迫はなにか思いついたように、小手鞠の手首をつかんだ。

「一緒に来てくれ！」

「ちょっと、待って……」

　気がつくと小手鞠はタクシーの中だった。

　一連のできごとを、青木が物陰から見ていた。走り去っていくタクシーをスマホで連写しながら、青木はにたりと笑った。

「杉下右京、フラれたな」

〈こてまり〉の店内では、特命係のふたりが手持ち無沙汰なようすで会話をしていた。

「遅いですね」と亘。

「ええ」

「どこまで行ったんでしょう？」

さすがの右京にも答えようがなかった。

「さあ……」

「ひょっとして、道に迷ったとか？」

「まさか、子供じゃあるまいし。なにも持たずに出たのですから、そう遠くへは行かないはずですが」

外の通りを通る救急車のサイレンを亘が聞きつけた。

「ひょっとして事故にでも……。俺、ちょっと見てきます」

亘が腰を浮かせたとき、店の電話が鳴った。右京が受話器を取った。

「〈こてまり〉です」

電話をかけてきたのは女将だった。

――あっ、杉下さん？　こちらも小手鞠です。

「お戻りが遅いので、どうしたのかと話していたところですよ」

――すみません。高校の同級生とばったり会っちゃって。ずいぶん久しぶりなんで、つい話し込んで……。

「そうでしたか」

――積もる話がまだ続きそう。申し訳ないんですが、今日はもうお店閉めさせてもらえますか？

「おやおや……」

――ごめんなさい。今度埋め合わせにご馳走しますから、今日のところは。

「我々は構いませんが、お店はどうします？」

――電気だけ消してください。あとは戻ってから片付けますから。

「不用心ですよ。鍵もかけずに」

――大丈夫です。もう少ししたら戻りますから。じゃあ、お願いしますね。

小手鞠はそう言うと、一方的に電話を切った。

電話の内容を右京から聞いた亘が首を傾げた。

「女同士、おしゃべりに花が咲いたってとこですかねえ？」

「ええ……」

「あ、でも同級生が女性とは限らないですね。戻るまで待ちます？」

「君、プライベートを詮索するものではありませんよ。まあ、電話の声もいつもどおりでしたしね。今日は失礼しましょうか」

「はい」

ふたりはコートを着て、店の照明を消した。

　タクシーの中では、小手鞠がスマホを中迫に返しながら、訊(き)いていた。

「で、事件に巻き込まれたって？」

　中迫は人差し指を口の前で立てて、声を潜めた。

「手短に話すと、俺は税理士をやっていて、ITベンチャーの〈BYSAS(バイサス)〉っていう会社と顧問契約を結んでる。それが……その会社、フロント企業でね……。わかるかな？　暴力団が隠れ蓑(みの)に使う……」

「企業舎弟ね。どうしてそんな会社の顧問、引き受けたの？」

「知らなかったんだよ！　表向きはスマホのアプリ開発会社だし、まっとうな会社だとばかり……。だけど、帳簿と口座のチェックをしていて気づいたんだ。高額の資金がおかしな動きをしていることに。海外の金融機関で証券や仮想通貨に何度も置き換えられて、最終的に反社組織に入金されてた」

　小手鞠は中迫の言わんとすることを察した。

「つまり、マネーロンダリング？」

「税理士として見過ごすわけにはいかない。不正を立証するために金の流れを追っていたら、気づかれたみたいで……。小出の店を出てから、後をつけられてる」

　小手鞠が親身になって言った。

「ねえ、警察に行きましょう。お店のお客さんに警察関係の方がいらっしゃるから」

「いや……。まずいよ、警察は」

「どうして？」

「それは……」中迫は一瞬躊躇して、「別れた妻と子供が危ない」と言った。

「えっ？」

「バツイチなんだ、俺。今日、その別れた元妻と会う約束をしていて……」中迫が手提げ袋を掲げた。「これ、お土産。で、さっき電話したら、家の前に怪しい男がいるって言うんだ」

「組関係の人？」

「間違いない。警察に行けば、報復にふたりが襲われるかも……」

「じゃあ、どうするのよ？」

問い質す小手鞠に、中迫が深刻そうに答えた。

「まずはマネーロンダリングの証拠を確保しないと。データは家のパソコンにあるんだ」

事務所を兼ねた自宅マンションの部屋に戻った中迫は、急いでパソコンを起ち上げ、データの一部をUSBメモリに書き出した。

小手鞠はデスクに置いてあった写真立てに顔を近づけた。男の子の写真が飾られていた。

「これ、お子さん？」

「ああ、小学校一年生のときの。いまは六年生」

「中迫くんにそっくり！」

小手鞠が声をあげたとき、チャイムが鳴った。

「もう来たのか！」

データの書き出しはまだ終わっていなかった。

「任せて。時間稼ぎするから」小手鞠がインターフォンへ向かい、通話をオンにした。

「はーい」

画面に人相の悪い黒服の男がふたり映っていた。背の低いほうの男がどすの利いた声で訊いた。

——中迫先生の事務所だね？

「ええ、そうですけど」

——先生、出してもらえる？

「あいにく留守にしてて、まだ戻ってきてないんですよ」

小手鞠の嘘は男にバレていた。

——そこにいるのはわかってるんだよ。あんた、誰？

「あっ、わたしは……姉です」

そのときデータの書き出しが終わり、中迫が小手鞠に言った。

「小出、オッケー」

インターフォンの向こうでは、体格がいいほうの男が焦(じ)れたように言った。

――早くしろよ！

「はーい。どうぞ」小手鞠が解錠ボタンを押して、中迫を振り返った。

「来るわ」

しばらくして、黒服の男ふたりはエレベーターを降り、外廊下を歩いて中迫の部屋の前に来た。

背の低いほうの男がチャイムを鳴らし、それにあきたらずドアを強く叩(たた)いた。

「先生！」

体格がいいほうの男が何気なく振り返ると、駐車場から一台の車が出ていくのを見つけた。

「牛嶋(うしじま)さん、あれ！」

中迫は車で、とあるビジネスホテルの前へ乗り付けた。運転席でぐったりしたようすの中迫に、小手鞠が説得を試みた。

「ねえ、やっぱり警察に行きましょう。証拠はあるんだから、すぐに動いてくれるはず」

「いや、それが……決定的なもうひとつの証拠を別の場所に隠してあるんだ。それがないと、不正の立証は難しい」

「だったら、すぐ取りに行かなくちゃ！」

中迫は腕時計に目を落とした。

「今夜はもう無理だ。明日にならないと。なんとか今夜ひと晩、逃げ切れば……行こう」

中迫が車から出ようとしたとき、見覚えのある黒塗りの車がホテルの前で停まった。これまた見覚えのある黒服のふたりが車から降りて、ホテルに駆け込んでいく。

「おかしい……。完全に動きを読まれてる」

中迫が車の中で身を屈めてパニックに陥っていると、小手鞠が叫んだ。

「携帯！　携帯の位置情報が流れてるんじゃないの？　スマホ用のアプリを開発する会社なんでしょ？　仕込まれたのかもしれない、位置情報を発信するアプリを」

「あり得るな……」中迫が窮屈な体勢でスマホを取り出した。「どれだ？　どれを削除すりゃいい？」

「もう！　グズグズしてる場合じゃないでしょ！」

小手鞠が見かねてスマホを奪い取った。

しばらくして、牛嶋は苛立ち(いらだ)を露わ(あら)にしながらホテルから出てくると、体格のいい手下の勝本(かつもと)に言った。

「おかしい。近くにいるはずだが……」

「まだ車の中っすかね？」

駐車場の車に目を走らせる勝本に、牛嶋が命じた。

「おい、携帯鳴らしてみろ」

「はい」

勝本が中迫のスマホに電話をかけると、駐車場の一角から呼び出し音が聞こえてきた。

ふたりはしめたとばかりに駆けつけたが、地面に置かれたスマホが鳴っているだけだった。

牛嶋が顔を歪めて舌打ちした。

「やりやがったな」

その頃、中迫は埠頭の近くに車を停め、ほっとした表情で、眉間を揉(も)んでいた。

助手席からそんな中迫を見ながら、小手鞠は高校時代のことを思い出していた。

あるとき茉梨が廊下を歩いていて、向こうから来る中迫とぶつかったことがあった。茉梨は衝突の勢いで転んでしまい、コンタクトレンズを落としてしまった。中迫は即座に「ごめんなさい！」と謝ると、眼鏡を廊下にすりつけんばかりに必死になって、茉梨のコンタクトレンズを捜してくれたのだった。

昔から中迫はどこか不器用で、それでも誠実なところがあって、憎めない男だった。

二

翌朝、ビル街のゴミ置き場で男の遺体が発見された。男は全身に暴行を受けており、顔は血まみれで腫れあがっていた。臨場していた捜査一課の芹沢慶二が先輩の伊丹憲一を迎え入れた。

「お疲れさまです」

「ひでえな……」

殺人事件で遺体を見慣れている伊丹も思わず顔を背けたくなるほど、男は徹底的に痛めつけられていた。

「頸椎を折られたのが致命傷だそうです」

「素人の手口じゃねえな．身元は特定できたか？」

「ええ、高岩卓さん。四十二歳。〈鳳炎組〉の構成員です」

「〈鳳炎組〉か。たしか、勢力争いでゴタついてたよな」

「内部抗争に発展しそうだって話ですよ」

捜査一課に異動してきてまだ一年も経っていない出雲麗音が先輩たちの会話に割り込んだ。

「それじゃあ、内輪もめで殺害されたってことですか？」

「アホ！」芹沢は麗音に容赦なかった。「それをこれから調べるんだろ」

「すみません」

「出雲、組対の角田課長に連絡！」

伊丹が麗音に命じた。

その頃、右京は登庁し、特命係の小部屋に入ってきたところだった。

「おはようございます」

すでに来ていた亘が立ち上がる。

「おはようございます。女将さんから連絡ありましたか？」

「いいえ。気になって店に寄ってみたんですが、昨夜、戻ったようすがないんですよ」

「店に寄らず、自宅に帰ったんですかね？」

「そうかもしれません」

「自宅って、どこなんでしょう」

小手鞠のプライベートに関しては、右京も詳しくなかった。

「さあ」

そこへ青木がタブレットを携えてやってきた。

「おはようございます」

「なんか用か？」亘がつれなくあたった。

「冷たいなあ。なにかといえば、僕を頼って呼び出すくせに。ねえ、杉下さん」

右京はコートをかけながら、「ええ」と生返事をした。

「おや？　今朝は元気がありませんねえ。なにかあったんですか？　ショックなこととか。た・と・え・ば、待ち人が帰ってこなかった、とか」

嬉しそうに笑う青木に、亘が詰め寄った。

「なんの話だ？」

右京も青木のもとへ素早く歩み寄った。

「君、なにか知っているのですか？」

「いや、その……」

青木はいつもと違う右京のようすにたじたじとなりながら、昨夜の目撃談を語り、タブレットに連写した証拠写真を表示した。タクシーに乗りかけている中迫と、中迫に向き合って立っている小手鞠が写っていた。中迫の手は小手鞠の手首を握っている。

亘が呆れた。

「俺たちの身辺探って、どうしようっていうの？」

「どうって……別に」

「お前、懲りねえなあ」

亘が青木をとっちめている間に、右京はタブレットの写真を眺め、小手鞠が持っているハンカチに目をつけた。

「冠城くん、これ、忘れもののハンカチですねえ」

「この人がハンカチを忘れた客？」

「でしょうねえ。だとすると、どうして一緒にタクシーに乗って行ったのでしょう？」

「高校の同級生とばったり会ったと電話で言ってました。忘れものを届けた客が同級生だった？」

「しかし、それでは『ばったり会った』という言い方が、いささか不自然に思えますねえ」

亘が画面をスワイプし、連続写真の続きを見た。中迫が小手鞠の手を引き寄せている。

「これ、女将さんが無理やり引きずり込まれてるような……」

右京が青木に質問した。

「青木くん、ふたりはどんな話をしていました？」

「わかりませんよ。離れたところから撮ったんですから」

「離れたところからこっそり隠し撮りした、だろ？」

むっとする青木にはかまわず、右京が男の持っている手提げ袋を拡大した。

「この袋、あまり見ないデザインですねえ。どこのものでしょう？」

「見覚えありますね。たしか、流行りのスイーツの店……」

うろ覚えの亘に代わって、青木が答えた。

「〈Fyra（フューラ）〉だ。日本に初出店した、スウェーデン菓子の店。確実に購入するためには予約が必須」

「お前、よく知ってるなあ」

「僕の知識と記憶力を甘く見るなよ、冠城亘！」

「いまのところ、手掛かりはこの袋だけです」

右京のことばを受け、亘がさっそく動き出す。

「行ってみますか」

「あっ、僕のタブレット……」

手を伸ばす青木に、亘がタブレットを返す。

「写真、俺のスマホに送れよ」

「青木くん、君にひとつお願いがあります」

右京が左手の人差し指を立てた。


ふたりはさっそく開店したばかりの〈Ｆｙｒａ〉を訪ねた。

亘が男の写真を見せると、女性店員は笑顔で答えた。

「この方なら、昨日お見えになりましたよ。夕方来店されて、チョコレートケーキとカルダモンのケーキをお求めいただきました」

「お名前はわかりますか？」

右京の質問に、店員は予約の台帳をめくった。

「少々お待ちください。ご予約のときは、中迫さんとおっしゃってました」

「よく来るお客さん？」

亘が訊くと、店員は「いえ」と首を横に振った。「来店されたのは初めてです。でも、うちのことはご存じでした。月に何度か、仕事でこの近くに来られるそうで」

「月に何度か、ですか」

店員のことばを繰り返す右京に、亘が提案した。

「名字しかわからないんじゃ、捜しようがないですね。タクシー会社の乗車記録、当たってみますか」

「しかし、まだ事件性があるかどうか。我々の取り越し苦労かもしれませんからねえ」

ふたりが店を出ると、向こうから組織犯罪対策五課長の角田六郎（ろくろう）が部下を引き連れてやってきた。

「特命係がここでなにしてるんだ？」

「おや、課長もこの店に？」

右京から問われ、角田が〈Ｆｙｒａ〉に視線をやった。

「店？　ここ、〈ＢＹＳＡＳ〉と関わりあるのか？」

「バイサス？」亘が首を傾げた。

「ああ、ＩＴベンチャーだよ。ほら向こうのビルの」

角田が通りの向こうの建物を顎で示した。たしかに〈ＢＹＳＡＳ〉という社名ロゴが窓ガラスに浮かんでいる。

「あの会社がなにか？」

「昨夜、〈鳳炎組〉の幹部、高岩が殺された。高岩は組の金庫番としてのし上がってきた奴だから、向こうにもなにか動きがあるかと思ってな」

右京が事情を察した。

「ということは……」

「〈鳳炎組〉のフロント企業だよ。資金洗浄に使われてるんじゃないかと睨んでるんだが」

「最先端のITベンチャーが暴力団の隠れ蓑か……」

亘のことばに、角田が応じた。

「いまどきはね、ナントカ興業みたいなのは流行らねえんだよ。IT業界やらフィットネスクラブやらに参入して、社名もおしゃれな横文字使ったりしてな。で、この菓子店がどうかしたのか？」

「いえ、こっちは別件で」

「あっ、そう……。じゃあな」

角田は関心を失くしたようすで、部下たちと一緒に〈BYSAS〉のビルへ歩いていった。

その頃、青木は〈こてまり〉で店番をしていた。右京からのお願いというのが、それだったのだ。特命係の小部屋を出る間際、右京は言った。

「ほんの小一時間だけ。もし女将さんが戻ったり、連絡があったりしたら、知らせてください」

青木は「なんで僕が？」と抵抗したが、あろうことか右京は、「ひとつお願いがあります」のことばに反し、さらに〈こてまり〉の女将とともにタクシーで去った男の情報を探るよう、やんわりと要求したのだ。

「お前のしたこと、警察官のモラルとしては問題だ。上には黙っていてやるから」

亘にこう釘を刺されては、青木もつっぱねることはできなかった。

「なんで俺が店番なんか……」愚痴を言いながら、改めてパソコンで写真を拡大して見ていた青木は、タクシーに乗り込もうとする男の襟にバッジが光っているのに気づいた。

「あれ？　これ、なんのバッジだ？」

右京は亘とともに通りを歩きながら、青木からの電話を受けていた。

「税理士、ですか……」

――スーツの襟に、日輪に桜のバッジが。普段つけてる税理士、滅多に見ませんがね。この男、バッジの権威に頼るタイプじゃないですか？　自信のなさの裏返しで。それと、店に連絡はありません。以上。

さっさと電話を切ろうとする青木を、右京が止めた。

「ああ、君にもうひとつ、頼みたいことがあります。彼の名字がわかりました。中迫です。中迫という税理士が顧問契約している会社を調べてください」

――はあ？

青木は不服そうだったが、右京は構わず要求した。

「〈Ｆｙｒａ〉の店舗近くに、該当する会社があるかもしれません。大至急でお願いします」

電話を切った右京に、亘が訊いた。

「どういうことです？」

「月に何度か、仕事でこの近くに来ると言ってましたよねえ」

亘も〈Ｆｙｒａ〉の店員のことばを覚えていた。

「ええ」

「月次訪問といって、税理士は契約先を月に何度か訪れるんです。おそらくこの近くに、顧問契約している会社があるのでしょうねえ」

三

「すみません」

その頃、小手鞠はフィットネスクラブを訪れていた。

受付で対応した橋口弘美という女性スタッフは、フィットネスクラブではほとんど見かけることのない和服姿の客に一瞬戸惑ったようだった。

「あっ、はい」

「入会しようかどうか、迷っていて……。施設内、ひととおり見学させていただいてもよろしいですか?」

「では、こちらにお名前のご記入をお願いします」

「はい」

小手鞠は持っていた〈Fyra〉の手提げ袋をカウンターに置いて、来館者リストに名前と連絡先を記入した。

「そうですか。どうもありがとう」

右京はさっそく青木からかかってきた電話を切ると、亘にその内容を説明した。

「まさかと思ったのですが、税理士の中迫さんは、三年前から〈BYSAS〉と顧問契約を結んでいるそうです」

「それじゃ、資金洗浄に関わっていた可能性がありますね」

「やはり小手鞠さんが戻らないのには、なにか事情がありそうですね」

「行ってみますか」

ふたりは停めていた亘の車に乗り込んだ。

「あちらのスタジオでは日替わりで、ヨガやエアロビクスのレッスンをおこなっています」

　小手鞠はフィットネスクラブ内を案内してもらいながら、弘美の説明に耳を傾けていた。

「へえ。女性の会員さんが多いんですね」

「平日の午前中ですから。夕方や土日は男性の方も多いですよ。では、プールをご案内します」

「あっ、すみません。その前にお化粧室をお借りできますか？」

「どうぞ。そちらの奥です」

「じゃあ、失礼して……」

　小手鞠は化粧室を通り過ぎ、ロッカールームに入った。このフィットネスクラブを訪れたのは、中迫がこう言ったからだった。

「もうひとつの証拠は、フィットネスクラブの個人ロッカーの中だ。明日、ロッカーからそれを持ち出してくれないか？」

「わたしが？　どうして？」

　困惑する小手鞠に、中迫は重ねて言った。

「そこの経営、〈ＢＹＳＡＳ〉と同系列の会社なんだよ。俺が行けば、すぐに情報が伝わって、奴らが証拠を奪いに来る。頼むよ。力貸してくれ」

小手鞠は中迫のロッカーを開け、証拠が入っているという無地の手提げ袋を見つけた。中に入っている紙包みを〈Ｆｙｒａ〉の手提げ袋に入れようと手に取り、小手鞠はハッとした。

右京と亘が中迫の住んでいるマンションを訪ねると、部屋の前に中迫を訪ねてきたらしい中年女性が立っていた。

「こちら、税理士の中迫さんのお宅ですか？」

右京が訊くと、女性は不審そうにふたりを一瞥した。

「そうですけど、留守みたいですよ」

「失礼ですけど、あなたは？」

質問した亘を、女性は眉を顰めて見返した。

「そちらこそどなた？　借金取り？」

亘が警察手帳を掲げた。

「警視庁の者です」

「警察？　主人がなにか？」

「おや、中迫さんの奥さまですか？」

女性は吐き捨てるように、「元妻です。とっくに離婚しましたから」と言い、「なにやったんですか、あの人」と付け加えた。

「いえいえ、我々は彼の知人を捜してまして」

「今日は、元ご主人と会う約束を？」

亘の問いかけに、元妻は訴えるような口調で答えた。

「今日じゃなく、昨夜です。あの人、連絡もなしにすっぽかして、携帯も繋がらないから来てみたんですけど。逃げたのかなあ？　車もないし」

「逃げたというのは？」右京が聞き咎めた。

「滞ってた養育費、まとめて払う目処が立ったって言うから、会う約束したんですけど……」

「それはまとまった収入があった、ということでしょうかね？」

「本当かどうか、わかりませんけど」

「行き先に心当たりは？」亘が尋ねた。「たとえば、休みの日によく行く場所とか」

「さあ。趣味らしい趣味もないし、一緒にいても退屈な人でしたから」

「手厳しいなあ……」亘が思わず口走る。

「柄にもなく、体鍛えるとか言って、フィットネスクラブに三年前から通ってるとか言ってたけど、それも続いてるのかどうか」

「フィットネスクラブ……」

角田のことばを思い出し、右京と亘は顔を見合わせた。

小手鞠はフィットネスクラブを出ると、路肩に停めてあった中迫の車に駆け寄った。助手席に乗り込むと、すぐに中迫が訊いてきた。

「うまくいった？」

「バッチリ」と笑いながら、小手鞠はロッカールームの鍵を中迫に返した。

「ああ、ありがとう！　助かったよ」

「証拠もそろったし、警察に行って、別れた奥さんとお子さんの身辺警護を頼みましょう」

「ああ、そうだね。警察には俺ひとりで行くよ。これ以上、小出を巻き込めない」

「なに言ってるの。ここまで来たら最後まで協力させて。ほら早く！」

「……うん」

小手鞠に急かされて、中迫は渋々エンジンをかけ、車を発進させた。すぐ後ろから黒塗りの車が追いかけてきていることを、ふたりは知らなかった。

右京と亘がフィットネスクラブに行って中迫のことを尋ねると、応対した橋口弘美は言った。

「中迫さんですか？　今日はお見えになってませんけど」

亘はスマホに小手鞠の写真を表示させた。

「こちらの女性、ここに来てません？」

「あっ、先ほどいらっしゃいましたよ」

声のトーンを上げて答えた弘美に、右京が訊いた。

「この方、連れはいませんでしたか？」

「いえ、おひとりでした。入会を検討されているというので、施設内をご案内したんですけど……」

「なにか変わった様子はありませんでしたかね？」

「お着物で、スイーツのお店の袋しか持ってなかったので、変わった方だなあって」

亘が右京に耳打ちした。

「やはり中迫と一緒に動いてるってことですね」

弘美がなにか思い出したようだった。

「あっ、あと洗面所を利用されたときに、ずいぶん長く時間がかかったうえに、行ったときと違う方向から帰ってこられて……」

亘が再び耳打ちした。

「トイレを借りる振りをしてようすを探る……右京さんがよく使う手ですね」

「よく使うかどうかはともかく……」右京が弘美に向き直る。「その場所へ案内していただけますか？」

「はい、どうぞこちらです」弘美はふたりを案内し、「この奥です」と場所を示した。

右京はさっそくそちらへ歩いていき、ロッカールームに入った。プライベートロッカーを見回した右京は、ひとつだけロッカーのドアがわずかに開いているのに気づいた。亘を呼んで、中を開けると、札束がぎっしり入った無地の手提げ袋が出てきた。

札束がラップに包まれているのを見て、亘が言った。

「まっとうな金じゃなさそうですね。表に出せない金でしょう」

「元奥さんに話したまとめて支払う目処というのが、これのことだったとしたら……」

右京の言いたいことを、亘が読んだ。

「中迫はヤクザマネーに手を出した？」

右京が角田のことばを思い出した。

「昨夜、〈鳳炎組〉の金庫番が殺されたと言ってましたね。なにがあったかはわかりませんが、中迫さんも命を狙われ、逃げ回っているとしたら……」

「女将さんを道連れに！」

「急ぎましょう」

右京が袋を手にして歩き出したとき、スマホの着信音が鳴った。角田からの電話だった。

「杉下です。……わかりました」

四

中迫の車は羽田空港へ続く道を直進していた。赤信号で停まったタイミングで、小手鞠が中迫を問い質した。

「中迫くん、どこに逃げるつもり？　ロッカーにあったお金、どうやって手に入れたの？」

「中……見たのか？」

「不正を告発するなんて嘘ね。ヤクザに追われてるっていうことは、あなた、危ないお金に手をつけたんじゃないの？」

「なに、言ってんだよ。クソッ！　この信号、長いな」

小手鞠は中迫がパソコンのデータをUSBメモリに書き出し、部屋を出る寸前、机の引き出しからある物を取り出してポケットに入れるのを見ていた。

「おかしいと思ってた。警察に行くのに、パスポートなんていらないもの。海外に逃げるつもりだったら甘いわよ。地の果てまで追いかけられて始末される。悪いこと言わない。警察に行って、中迫くん！」

いつしか信号が青に変わり、後ろの車がクラクションを鳴らした。

「いや、いまならまだなんとかなる！」

中迫は自分に言い聞かせるように言って、車を発進させた。

しばらくして、中迫の運転する車は羽田空港の駐車場に到着した。中迫が小手鞠の顔を見ずに言った。

「頼む。このまま行かせてくれ。マニラとかダナンあたりなら、金融関係に伝手もあるんだ。これだけ現金があれば、当面はなんとか……」

小手鞠が中迫の料簡の甘さを指摘した。

「無理よ！　マニラにもダナンにも行けない。絶対に無理」

「ヤクザマネー転がしして作った汚い金なんて、少しぐらい取ったって、誰も困りゃしないだろう」

身勝手に言い張る中迫を、小手鞠が戒めた。

「あなたが困るの！　助かりたいんだったら、自首するしかないの」

「俺、向こうでやり直すよ。人生リセットするから」

親身になって忠告しても聞こうとしない中迫に、小手鞠は実力行使に出ることにした。

「仕方ない……。警察にはわたしが行く」

小手鞠は車のドアを開けて小走りに逃げだした。中迫は〈Ｆｙｒａ〉の手提げ袋をつかんで、慌てて車を降りた。

「待てよ。警察は駄目だって！」

と、駐車してある車の陰から牛嶋と勝本が現れ、小手鞠を難なく取り押さえた。

牛嶋が中迫のほうへ一歩、二歩と近づいていく。

「おい、税理士の先生。高岩から受け取った三千万と国際金融のデータ、渡してもらおうか。さっさとしろよ！　人が来たら面倒だ」

勝本が小手鞠を羽交い締めにした。

「渡すもんさえ渡してくれたら、フィリピンでもベトナムでも、好きなところに行っていいからさ」

中迫はふたりのことばを信用しなかった。

「渡せば、俺も殺される……」

「グズグズするな！」

牛嶋に怒鳴りつけられ、中迫はじりじりと後ずさった。

「嫌だ……。死ぬのは嫌だ」

「ほら、早く渡せ！　女殺すぞ！」

牛嶋が中迫に手を伸ばし、勝本は小手鞠にナイフを突きつけた。

「早くしろ、バカ野郎！」

「わかった。渡す！　でもその人は関係ない。手を離せ！」

中迫は〈Ｆｙｒａ〉の手提げ袋を抱えて、ふたりに近づいていく。牛嶋が袋に視線を向けた。

「金、その中か？」

「その人を放せ！」

「金が先だ。おい、寄越しな」

中迫が手提げ袋を差し出すと、牛嶋はそれを受け取り、同時に中迫にキックを浴びせた。

「お前、こんなことしてタダで済むと思うなよ！」

中迫が倒れ込むと、牛嶋は手提げ袋を地面に置いて続けざまに蹴りを入れた。

そのとき、小手鞠は勝本の足を草履の踵（かかと）で力いっぱい踏みつけ、拘束が緩んだすきに手提げ袋をつかんで振り回した。袋が腹に当たった勝本は、悲鳴をあげて転がった。小手鞠は続けざまに袋で牛嶋を殴りつけた。その拍子に、袋が小手鞠の手を離れて落ちた。袋の中からダンベルが、倒れ込んだままの中迫の目の前に転がり出た。

「なんだ、これは……」

「このアマ！」

逆上した牛嶋が小手鞠を後ろ手に締め上げた。すると、それを見た中迫が立ち上がり、頭から牛嶋に体当たりした。

「離せ……。小出から手を離せーっ！」

中迫の捨て身の攻撃に不意を突かれ、牛嶋が転倒した瞬間、中迫が小手鞠の腕を取った。

「逃げよう！　早く！」

「うん」

手を握ったまま車に向かって全力疾走しながら、中迫が訊いた。

「金、取ってきたんじゃなかったの？」

「言ったでしょ。海外に行くのは無理だって」

しかし、ふたりの脚力では到底逃げ切ることはできなかった。体勢を立て直した牛嶋と勝本が猛然と追ってくる。

「逃げられねえんだよ。諦めな」

牛嶋が叫んだとき、中迫と小手鞠の前に忽然（こつぜん）と右京が現れた。

「逃げられないのは、あなたたちです」

「杉下さん！」

小手鞠が中迫とともに右京のもとに身を寄せると、亘が牛嶋と勝本の前に出た。

「警察だ。脅迫、傷害、公務執行妨害の現行犯だ」

亘が頭に血ののぼったふたりを相手に応戦していると、角田とその部下たちが駆けつけた。

「牛嶋！　勝本！　高岩卓殺害の件で話を聞かせてもらおう」

牛嶋と勝本は踵を返して逃げようとしたが、加勢に来た組対の刑事たちから挟み撃ちに遭い、なすすべもなく捕まった。

「おとなしくしろ。手をかけさせんな」角田はふたりを睨みつけると、右京に向き直った。「よう。そっちが先に着いたな」

「情報、ありがとうございました。おかげで間に合いました」

「俺たちが追ってた高岩殺しのホンボシが、お前さんたちの尋ね人を狙ってたとはな」

角田はそう言うと、中迫のほうへ近づいた。「あんた、税理士の中迫俊也だね」

「はい……」

「〈鳳炎組〉への不正な資金提供に、あんたが関与しているとの情報があった。ご同行願えますね？」

中迫が自嘲した。

「小出の言うとおり、自首したほうがマシだったね」

「じゃあ……」

角田が中迫を促して歩き出すと、小手鞠が呼び止めた。

「待って！」中迫に駆け寄り、懐からハンカチを取り出した。「これ、忘れもの」

「ありがとう」

寂しげに笑う中迫に、小手鞠は「うん」とうなずいた。

警視庁の取調室で、角田を前に中迫が自供した。

「顧問契約を結んだときは、フロント企業とは知りませんでした。気づいたときには、私もすでに加担している状態で……。仮想通貨や送金小切手を使ったマネーロンダリングに、手を貸しました。三カ月前、殺された高岩から呼び出されて……」

高岩は中迫にこう持ちかけた。

「海外で動かしてる金、一億ばかり中抜きできないか？　あんた、向こうのブローカーに顔が利くだろ」

渋る中迫に、高岩は餌をちらつかせた。

「組を仕切るには金がかかるんだよ。あんたにも、いい目見させてやるからさ」

「……仕事もうまくいかず、別れた妻への養育費も払わないといけなかったから……」

角田が中迫の話の先を読んだ。

「組の金を高岩に横流ししたわけか。ロッカーに隠していた現金三千万は、その報酬として受け取ったんだな？」

「はい。残りの人生、三千万で売ったようなもんですね。安いなあ、俺の人生……」

うつむいて卑下する中迫に、角田が問い質す。

「一緒にいた小出茉梨さんだけどね、あんたが逃げるのを手伝ったんじゃないのか？」

「違います」中迫が顔を上げ、毅然と否定した。「あの人は……忘れものを届けに来てくれただけで。雨宿りにほんの少し立ち寄っただけなのに……。大変なことに巻き込んでしまい、本当に申し訳なく思っています」

中迫が深々と頭を下げるのを、右京と亘は隣の部屋からマジックミラー越しに見ていた。

その夜、家庭料理〈こてまり〉には右京と亘の姿があった。

「今夜はお休みかと思いました」

右京のことばを受けて、小手鞠は言った。

「昨日は臨時休業でしたし、二日続けて休むわけにはいきませんから。おふたりにはすっかりご迷惑をおかけして、本当に申し訳ありませんでした」

頭を下げる女将を、右京が諭す。

「自首を勧めた気持ちはわかりますが、早く警察に連絡するべきでしたね」

「はい……」

「気づいていたんですね？　彼が危ない金に手をつけていたことを。だからロッカーの金も持ち出さなかった」

「お金を持ち出したように見せかけるために、ケーキの箱とすり替えて、どうにか説得しようとしたんですけど……」

そのケーキの箱の中に、ダンベルを入れて、手提げ袋の重さを調整したのだった。

「どうして最後まで中迫に付き合ったんです？」

亘が質問すると、小手鞠は意外な答えを返した。

「……オクラホマミキサーかなあ。文化祭の最終日、校庭で踊りませんでした？」

「ああ、踊りました。それがなにか？」

「ペアを組む順番が近づいてきて、わたしちょっとドキドキしながら、不器用に踊る彼を見てたんです。でも、あとひとりっていうところで、音楽が終わってしまって。残念だったなあ。高校最後の文化祭でしたから。昨日、ついタクシーに乗ってしまったのは、あのときに繋げなかった手を、ふいにつかまれたからかも。説明になってませんね」

照れ臭そうに笑う小手鞠に、亘が言った。

「好きだったんですね、彼のこと。ちょっと意外です。ルックスは十人並み、元妻には退屈な人と言われ、誘惑に負けてヤクザマネーに手を出した……。女将さんが惚れるほどの相手とは思えませんが」

小手鞠が遠くに視線を向けて語った。

「本当、いいとこないですよねえ、あの人。でも、そんな普通の弱い人間がギリギリ頑張って、勇気を奮い起こす一生懸命な姿、なんだかグッときません？」

「そういう人だったんですね、中迫さんは」

右京が理解を示すと、小手鞠は素直にうなずいた。

「はい。そういうとこ、ちっとも変わってませんでした」

小手鞠は回想を断ち切ると、特命係のふたりに盛り付けた料理を差し出した。

「はい、こちら、わたしからのお礼でございます。さあ、どうぞ。こんなわたしですけど、今後ともご贔屓(ひいき)に」

第十四話

「薔薇と髭の不運」

一

　ある日の午後二時頃、ゲイバー〈薔薇と髭と……〉のママ、ヒロコが昼下がりの新宿区の住宅街を鼻歌まじりに歩いていると、前方の石段の下に料理デリバリーサービス〈デリッタロウ〉の配達員が自転車を停めた。配達員に目を留めたヒロコは、その人物が知り合いだとわかった。

「マロロ、発見！」

　ヒロコが石段を駆けおりようとしたとき、突然背後から肩かけバッグを強い力で引っ張られた。ヒロコはバッグを奪われないように引き寄せたが、その瞬間バランスを崩して体が宙に浮いた。

　夕刻、開店前の〈薔薇と髭と……〉の店内には、ヒロコの他に警視庁特命係の杉下右京と冠城亘、それに捜査一課の刑事、出雲麗音の姿があった。

「もう、ほんとガッカリ。なんでこんなおかちめんこに？」

　ヒロコが麗音の顔を見て言った。

「おかちめんこ？」

訊き返す亘の口を、ヒロコが封じた。

「無駄にイケメンは黙ってて」

ヒロコは亘を「無駄にイケメン」と呼んだ。

「わたし、助けてあげたんですよ」

麗音が主張すると、ヒロコは睨み返した。

「助けてあげた？　刑事なんだから当然でしょ。一般市民よ？　犯人取り逃がしたくせに」

右京が麗音に質問した。

「なにがあったのか、説明してもらえますか？」

「昨夜起きた事件の目撃者を捜していたところだったんです……」

そのとき突然、石段の上で悲鳴があがった。声を聞きつけた麗音はすぐに駆け付けた。

ほぼ同時に、マロロこと池澤麻尋もヒロコのピンチに気づいた。

「ヒロコさん、大丈夫ですか！」

「いやん、マロロ助けて！」

バランスを崩して石段から倒れ落ちる寸前のヒロコの背中を、誰かが受け止めた。

「ありがとう、マロロ……」

ヒロコは恩人の顔を振り返ったが、そこにいたのはマロロとは似ても似つかない小柄な女性だった。

「あんた、誰よ！」

結局、麗音はヒロコの体重を支えきれず、押し潰されるように倒れ込んでしまったのだった。


「……それで、ひったくり犯を追えなくて」

説明を終えた麗音に、ヒロコが難癖をつけた。

「ひったくりじゃないわよ。きっとまたあたしのことを狙ってくるわ。今朝もね、お店から帰るとき、背後に気配を感じてたのよ」

「おやおや」

「あら」

右京も亘も軽く受け流したが、ヒロコは身震いをしながら言い張った。

「きっとあたしのストーカーよ。間違いない。あたしの命を独り占めにしたいんだわ！」

そこへ麗音の先輩の伊丹憲一が入ってきた。

「出雲、いつまで油売ってんだ？」

芹沢慶二も一緒だった。

「やっぱ、ふたりも一緒だ。店の名前聞いて、嫌な予感したんすよ」

ヒロコは新たに現れたふたりの刑事を知っていた。

「おやおや？　あんた、こちらのおふた方とお知り合いだったの？」

「わたし、捜査一課の刑事なんです」

ヒロコにアピールする麗音に、伊丹が命じた。

「ひったくり事件は特命係のおふたりにおまかせして、お前はこっちの捜査に戻れ」

「だから、ひったくりじゃないんだってば！」

亘がスマホで昨夜この付近で発生した事件を検索した。

「もしかして昨夜の事件って、これ？」

スマホに表示されたネットニュースを見て、麗音が認めた。

「そうです。その事件です」

「ここの近くですね」

右京も亘のスマホをのぞき込んだ。

「強盗殺人事件ですか。被害者は〈速水貿易〉社長の速水丈二さん」

「えっ！」ヒロコがその名に反応した。「殺されたのって速水ちゃんだったの⁉」

「お知り合いですか？」

「たまに、うちに遊びに来てくれるのよ。ほら近くにね、仕事部屋があるもんだから。

でも、昨夜は自宅に帰るって言ってたけどな……」

伊丹がヒロコに強面を突きつけた。

「被害者の速水さん、昨夜ここに来たのか？」

芹沢も眉間に皺を寄せた。

「何時までいたの？」

麗音もヒロコに向き合った。

「誰かと一緒でした？」

「顔怖い！　よくそんな怖い顔できるわね。あたし、できない」

ヒロコは捜査一課の刑事たちを茶化してから、昨夜のことを証言した。

ヒロコによると、昨日は速水の結婚記念日だったという。それなのに、まるでまっすぐ家に帰りたくないかのように、速水はこの店へひと息つきにきたらしい。ヒロコがプレゼントでも持って帰ったほうがいいと助言すると、速水はデパートでなにか買って帰ると答えた。時計を見るともう午後七時半だったので、ヒロコは早く帰らないとデパートが閉館してしまうと促した。ちょうどそのとき速水に電話がかかってきた。通話を終えた速水は顔色を変え、「急な用事ができた」とヒロコに断って席を立ったという。

「改めて電話をかけながら、帰っていったけど、二回とも相手はきっと奥さんだったのよ」

ヒロコはそう締めくくった。

ヒロコの証言を聞いた伊丹は、芹沢と麗音を引き連れて店を出ていった。刑事たちを見送ったヒロコが、右京と亘に向き直り、知り合いが殺された事件の捜査を依頼した。

「右京さん、無駄にイケメンも、なんとかして！　ねっ！」

ヒロコに泣きつかれた右京と亘は、速水丈二の仕事部屋となっている別宅マンションを訪れた。室内には絵画や彫刻、陶器などの美術品が散らばり、クローゼットや金庫のドアは半開きになっていた。

特命係のふたりが荒らされた室内を見回していると、捜査一課の三人がやってきた。

「はいはいはい。勝手に現場を荒らさないでくださいよ」

伊丹から邪魔者扱いされても、亘はまったく気にしていなかった。

「捜査状況を教えてもらえませんか？」

「なんでお前なんかに教えなきゃなんねえんだよ」

「わかりました」と、亘がスマホを取り出す。

「おい冠城、どこに電話するつもりだ？」

「いや、刑事部長に相談してみようかなって」

半グレ集団の襲撃を受け、一時は生死の境をさまよってから意識を取り戻した刑事部長の内村完爾は、以前のように特命係を目の敵にしなくなっていた。それをよく知っている伊丹が止めた。

「ああもう！　わかったわかった、やめとけ」ため息をついてから、捜査情報を手短に提供する。「死因は後頭部殴打による外傷性くも膜下出血。まずスタンガンで襲われて、そのあと大理石の灰皿でガツンだ。第一発見者は被害者の友人、相馬和義。これで気が済みました？」

右京は気が済んでいなかった。

「相馬さんはなぜこちらに？」

麗音が右京の好奇心に応える。

「被害者から電話で呼び出されたそうです。その電話が七時三十四分、で一一〇番通報が八時三分」

「じゃあ、その間に殺害された……」

亘が死亡推定時刻に思いを巡らせると、右京は芹沢に訊いた。

「被害者が相馬さんを呼び出した理由というのは？」

「愛人との揉めごとの仲裁にでも呼んだんじゃないんですか？　速水さんが店を出るとき、かけた電話の相手がその愛人でしたから」

「愛人？」

亘の目配せを受け、麗音が答えた。

「長沼郁美（ながぬまいくみ）という、〈速水貿易〉の社員です。社内でもふたりの仲は噂されていて、奥さんもそう証言してます」

麗音によると、昨夜、速水丈二の妻、十志子（としこ）は、夫の遺体に取りすがりながら、「きっと、あの長沼郁美って女が主人を殺したのよ！」と訴えたという。

「その場合の動機は？」

今度は芹沢が答えた。

「嫉妬だよ。ほら、あのヒロコママが言ってたじゃない」

「結婚記念日」

「そう、それ。結婚記念日に自宅に帰る被害者が許せなかった」

伊丹が室内を見回した。

「物盗りの犯行に見せようとしたんだろうな」

右京が金庫のドアに注目した。

「たしかに、金庫もピッキングやこじ開けられたようすがなさそうですしねえ」

「愛人なら、暗証番号ぐらい知ってるでしょうしね」

芹沢のことばに、伊丹がうなずく。

「とにかく動機は嫉妬で間違いなさそうだな。もう一度、長沼郁美に話を聞きに行くぞ」

立ち去ろうとする伊丹たちを、右京が左手の人差し指を立てて呼び止めた。

「ひとつだけ。速水さんへの最初の電話の相手はわかっているんですか?」

「生憎(あいにく)、飛ばしの携帯だったんで、誰かまでは」

再び玄関へ向かおうとする捜査一課の三人に、右京がまた左手の人差し指を立てた。

「ああ……あともうひとつ。このクローゼットは、最初からこのままの状態で?」

ドアが半開きのクローゼットに目をやって、芹沢が言った。

「そうですよ。揉めたときに開いたんじゃないんですか?」

「揉めた?」

亘が聞き咎(とが)めたが、伊丹は話を打ち切った。

「はい、そこまで。あとはご勝手に」

そして三人は今度こそ部屋から立ち去った。

右京と亘がマンションを出て歩きはじめたところ、すぐに待ち受けていたヒロコに捕まった。

「右京さん。ねえ、速水ちゃんを殺した犯人、わかった?」

「さすがにそれはまだ」

「あら、そうなの」残念そうに右京を見たヒロコの目が、通りの先に向けられた。「あ、マロロ〜！」

ヒロコが手を振る先に、自転車に乗った〈デリッタロウ〉の配達員の姿があった。池澤麻尋もヒロコに気づき、自転車で近づいてきた。

「ヒロコさんを襲った犯人、捕まりました？」

「それがまだなのよ。でもね、大丈夫なの。信頼の置ける刑事さんに来てもらってるから」

ヒロコに示され、右京と亘の顔を見ていた池澤のスマホの着信音が鳴った。池澤は「ちょっと、すみません」と断り、スマホに目を落とした。

「注文入っちゃった。どうしようかな……。いいや、拒否」

池澤がオーダーの入った店と自分の位置が表示された地図を見て、「拒否」ボタンを押すのをじっと眺めていた右京が、好奇心を露わにした。

「おや、拒否もできるんですか？」

「ええ。注文の入った店の近くにいる配達員を、ランダムに選んで送信してくるので。たとえば、いまみたいなときとか」

亘が心配する。

「いいんですか？　せっかくオーダー入ったのに」

「またすぐに入りますから」

「では、配達先も表示されるわけですね？」

右京の推測は珍しく外れていた。

「いえ、されないんですよ。その距離を見て判断する配達員もいますから。特にピーク時には数をこなしたいところなのですが、料理をピックアップしたあとでなければ、配達先の住所がわからないシステムなんです」

「なるほど」右京が納得する。

ヒロコが話題を変えた。

「あっ、ねえそういえば、マロロ、昨日の夜、この辺り、配達してたでしょ」

池澤が怪訝（けげん）な顔になった。

「何時頃ですか？」

「そうね……八時ぐらいだったかしら」

ヒロコは昨夜、客を送って通りに出た際に、池澤のものと思われる自転車が歩道に停めてあるのを見たのだった。ヒロコは近くに池澤がいないか探したが、見当たらなかったので、そのとき美しく夜空を照らしていた月を撮影して、その画像を池澤に送ったという。

池澤はスマホで配達履歴を確認した。

「その時間なら……。ああ、世田谷のほうに配達に行ってました」

「そうなの？」

「似たような自転車、いっぱい走ってますから」

「最近、本当に増えましたよね。ほら、あそこにも」

亘が指差した先を、まさにいま配達中のデリバリーサービスの自転車が通り過ぎるところだった。

右京が話を戻す。

「ヒロコさん、そのマロロさんに送った写真というのを見せてもらえますか？」

「えっ？ いいけど。ちょっと待ってね。月がきれいねってマロロに送ったの」

ヒロコが差し出したスマホには、満月の写真が表示されていた。

「これを撮影した時間は？」

「マロロにメールを送ったちょっと前だったから……八時ちょうどよ。やだ！ 『あずさ2号』みたいじゃない！ ショック！」

ひとりではしゃいでいるヒロコを無視して、亘が右京に言った。

「その時間なら、まだ犯人が付近にいた可能性がありますね」

「ええ。その犯人がヒロコさんに写真を撮られたと思い込んだとしたら、バッグを奪おうとしたことにも納得がいきますがねぇ」

「目的はスマホ」

ヒロコがふたりの会話を聞きつけた。

「じゃあなによ、あの石段のところであたしを狙った犯人って、殺人犯だったたってこと⁉」

「そのとき、その場に居合わせたんですよね？　襲った相手見ませんでしたか？」

亘から急に質問され、池澤は戸惑いながら答えた。

「ああ……自分が見たときにはもう……」

二

伊丹たち捜査一課の三人は〈速水貿易〉の社長室で、長沼郁美から話を聞いていた。

「あなたが昨日の夜、会社にいる姿を誰も見てないんですよ。速水社長があなたに電話をかけたあと、すぐにここを出れば、十分に犯行は可能です」

伊丹が疑念をぶつけると、芹沢が続けた。

「昨日は速水社長の結婚記念日だったそうじゃないですか。自宅に帰ろうとする社長と揉めたんでしょ。で、その挙句に……」

犯人と決めつけようとする捜査一課の刑事たちに、郁美は懸命に否定した。

「本当にわたしは会社にいたんです！　社長から急ぎの業務を命じられてずっと」

伊丹は聞く耳を持たなかった。

「金庫にいくら入ってたんです？」

「そんなこと、わたしは知りません！」

と、そこへ「見つけた」と速水十志子が嫉妬に駆られた形相で乱入してきた。

「あなたでしょ？　あなたが主人、殺したんでしょ！」

郁美につかみかかろうとする十志子を、伊丹が制した。

「奥さん、ちょっと！」

十志子は一枚の写真を取り出した。そこにはマンションのエントランスで談笑する速水と郁美の姿が写っていた。

「見たのよ。この女が主人と一緒にマンションに入っていくのを。仕事部屋だなんて言ってたけど、本当はこの女と会うために部屋を借りてたのよ」

そこへふらりと右京が入ってきた。

「ちなみに、それはいつ撮影されたものでしょう？」

「いちいち覚えてないわよ」

右京の後ろには亘がいた。

「つまり、事件のあった昨日の写真ではない」

「でも、この女と会うための部屋なんだから、殺したのもこの女に決まってるわよ！」

再び郁美につかみかかろうとする十志子を麗音が止めた。その隙に亘が十志子に訊いた。

「ちなみにふたりは、今日の午後二時頃どちらに？」

「自宅にいたわよ」

「あなたはどちらに？」亘が郁美にも訊く。

「会社にいましたけど」

伊丹が芹沢に耳打ちした。

「今日の二時ってなんだよ？」

「さあ……」

〈速水貿易〉のロビーで、伊丹が右京から知らされた情報を確認した。

「ヒロコママが犯人を見た？」

「正確には、犯人がヒロコさんに写真を撮られたと思い込んでいるかもしれない、ということですが」

「また犯人がヒロコさんを襲う可能性がありますね。警護が必要かと」

亘のことばに、伊丹が難色を示す。

「警護って言われたって、お前……」

「うまくすれば、犯人逮捕に結びつくかもしれません」

亘が餌をにおわせると、右京が同調した。

「そういうことですねえ。ではよろしく」

特命係のふたりは言いたいことだけ言って去っていった。

「よろしくって言われても……」と、伊丹は芹沢の顔をまっすぐ見た。

「俺？　ムリムリムリムリ」

麗音が伊丹の前に出て、志願した。

「わたしが行きます。行かせてください。お願いします」

「なんだ、責任でも感じてんのか」

伊丹が皮肉をぶつけると、芹沢は「頼んだぞ」と麗音の肩を叩き、ふたりそろって出ていった。

麗音は大きくため息をついた。


右京と亘は、遺体の第一発見者である相馬和義を訪ねていた。相馬は自宅マンションにおり、発見時のようすを緊張しながら語った。

「昨日の夜、速水から、相談したいことがあるからすぐに来てくれと電話がかかってきて、それでタクシーで新宿の彼の部屋に向かったんです。チャイムを鳴らしてしばらく待っても応答がなかったので、ためしにノブを回すと簡単に開いて、部屋に入ってみたら、居間で速水が頭から血を流して倒れていて、すぐに携帯電話で通報しました」

「しばらくとは、どれぐらいだったのでしょう？」

右京は細かいことを気にした。

「はい？」

「いいえ、どれぐらいの間、ドアの前で待たれていたのかと思いましてね」

「えーっと」相馬が首をひねった。「三分ぐらい？　五分ぐらいだったかな……」

亘がスマホのメモを見ながら時系列を整理する。

「あなたがマンションの前でタクシーを降りたのが夜の七時五十二分。通報が八時三分。ドアの前で五分ほど待ってたとしても、タクシーを降りて部屋に入るまで十分近くもかかります？」

「なかなかエレベーターが来なかったし……。もしかしたら、もっとドアの前で待っていたのかもしれません」

すると、右京が疑問を口にした。

「その間、一度もドアを開けようとは思わなかった？」

「えっ？」

「急いで来てくれと言われて駆けつけたのに、応答がないとなると、なにかあったのかとすぐにでもドアを開けたい気持ちになりませんかね？」

亘が上司をフォローする。

「すみません。この人、細かいことが気になるのが悪い癖で」

相馬は訝しむように右京を見ながら、「電話とかで手が離せないのかなって。あいつ、いつも電話に追われてるところがあったんで」と答えた。

「ああ、なるほど。おふたりは学生時代からのご友人とか」

「ええ。高校からの付き合いで。昔からよく助けてもらっていました。いまの勤め先も、速水に口を利いてもらって」

「海運会社でしたっけ？」亘が水を向けた。

「はい。いろいろあって、前の職場を辞めることになって」

右京が話を戻す。

「で、速水さんからはどんなご相談を？」

「それは、会ったときに話すと言われていたので……」

「見当もつかない？」と亘が念を押す。

「ええ……」

「ちなみに、今日の午後二時頃はどちらに？」

「えっ？」

「会社、休んでますよね」

亘に知られていることがわかり、相馬は言い繕った。

「ああ……速水のことがショックで、それでずっと家に。あの、それがなにか？」

「念のための確認です」

右京の視線はそのとき、部屋の隅にあった超音波洗浄機に向けられていた。

開店前の〈薔薇と髭と……〉では、ヒロコが出雲麗音を追い返そうとしていた。

「またなんであんたなのよ～！　チェンジして！　チェンジ、チェンジ！」

「生憎、そういったシステムはありません」

「え～、細マッチョのイケメンBGがいい～」

愚図（ぐず）るヒロコを無視して、麗音が堅苦しくお辞儀をした。

「出雲麗音、ただいまより警護につかせていただきます。よろしくお願いします」

「亘のほうがまだマシよ」

ヒロコが吐き捨てるように言った。

その夜、特命係の小部屋では、右京がホワイトボードに描いた人物相関図を確認していた。そこへ、取っ手の部分にパンダが乗ったお気に入りのマグカップを持って、組織犯罪対策五課長の角田六郎が入ってきた。

「暇か？　じゃなさそうだね。それ、昨日、新宿で起きた事件か？」

「ええ。ヒロコさんが巻き込まれた可能性がありまして」

「ヒロコ？」角田も知っていた。「ああ、あのゲイバーの？」

「ええ、あの」

「事件が寄ってくる人間っているんだよな。あっ、ここにもひとりいたな。類は友を呼ぶってやつだ」

角田が右京を揶揄しているところへ、相馬の身辺を洗っていた亘が帰ってきた。

「相馬和義ですが、海運会社では営業を主に。その前の職場は闇金に手を出して退職」

角田が興味を示した。

「闇金に手を出すって、そいつ、よっぽどだね」

「やはり金欲しさに相馬が、じゃないですか？　あの空白の時間も気になりますしね」

亘の見立てに、右京はホワイトボードの「午後7時28分　飛ばし携帯から着信」という文字を指差した。

「だとすれば、最初に飛ばし携帯からこの電話をかけたのも、相馬ということになりますね」

「その飛ばし携帯の奴が犯人なのか？」

角田が右京に訊いた。

「そう考えています」

亘が補足する。

「そもそも被害者は、その電話を受けて、ヒロコさんの店から慌てて帰ってきてますからね」

「ああ、なるほど。おびき出されたってことね」

そこで右京が右手の人差し指を立てた。

「わからないことがもうひとつ。速水さんに金庫を開けさせたのは誰なのか、です」

「金庫になにか問題でも？」と角田。

「ピッキングの形跡もなく、金庫からは被害者本人の指紋しか検出されてない」

「それなら、刃物かなんかで脅してさ……」

角田の推理に、亘が否定的な見解を示した。

「凶器が刃物ならば、その手も考えられるんですけどね」

〈薔薇と髭と……〉では、ヒロコがボックス席で新しい客の相手をしていた。

「新人くんのデビューを祝って乾杯……あら、水がないわ。ちょっと麗音！　水、お願いよ！　やだ、氷もないわね。氷もお願い！」

「ヒロコさん、ちょっといいですか？」

カウンター席に座っていた麗音はヒロコのもとへ行き、腕をつかんで壁際へいざなった。

「なによ〜。麗音、力強い！」

「わたし、一応、お客という設定なんですけど」

「だったらさ、しみったれたお茶なんて飲まないで、ガンガンお酒飲んでちょうだいよ」

「勤務中なんで。というか、誰の警護をしてると思ってるんですか？」

「別に、あなたに警護なんて頼んだ覚えありませんけど」

ふたりが言い争いをしているところへ、右京がやってきた。

「なにか問題でも？」

「もう右京さん、この生意気な小娘、亘と交換してちょうだい。まだ無駄にイケメンのほうがマシよ」

右京の後ろにいた亘が小声でつぶやく。

「まだマシって……」

「その件はさておき、ヒロコさん、少しよろしいですか？」

右京と亘と麗音はボックス席に移動して、ヒロコに速水と郁美の関係について尋ねた。

「速水ちゃんと長沼っち？　言われてみればそうね、たまにふたりで来てたけど、なんかいつもヒソヒソと話をしてたし」

「じゃあ、ふたりはやはり男女の関係？」

亘の問いに、ヒロコは速水のことばを引いた。

「でも速水ちゃんは、絶対に離婚はしないっていつも言ってたわ」

「結局、帰る場所は……ってやつですか？」

「違う違う。速水ちゃんはね、婿なのよ。もともと、〈速水貿易〉は奥さんのお父さまの会社で。速水ちゃんは先代が亡くなったあと、社長になったってわけ」

右京が身を乗り出した。

「つまり、離婚となれば、速水さんは社長を解任される恐れがある？」

「そういうこと」

「もうひとつ質問が」

右京が右手の人差し指を立てたとき、「お待たせしました」と挨拶しながら、池澤麻尋が入ってきた。ヒロコが立ち上がって迎えた。

「あら～、待ってたわよ、マロロ～。また会いたくて指名しちゃった」

「あれ？〈デリッタロウ〉って指名できましたっけ？」

亘が疑問を呈すると、池澤は首を横に振った。

「ああ、いや。ヒロコさんにはよくしてもらってるんで、個人的に直接」

ヒロコが言い添える。

「ちゃんと手数料は支払ってますから」

「マロロさんもここのお客さんですね？」

右京が訊くと、池澤はうなずいた。

「ええ。ママ、料理、ここ置いていいかな？」

「うん、どこでも置いて。思い出すわ。マロロが初めてうちの店に来たときのこと。凍えた子犬みたいでね。あたしが守ってあげなきゃって」

「凍えた子犬ですか」と右京。

「勤めていた会社が倒産して、ちょうどデリバリーの仕事をはじめたばかりの頃で。先行きが見えなくて不安だったんです。でもヒロコさんに言われたんです。『世の中にはね、変えられることと変えられないことがあるけど、自分の生き方なら、この先いくらだって変えられるんだから』って」

「なんか深いですね……」

話を聞いて感心する麗音を、ヒロコがくさす。

「あら、小娘なんかに理解できるのかしら」

「そうですか」右京は納得した。「それで、ヒロコさんには特別に直接配達を」

「ええ。あっ、じゃあ、自分はこれで」

オーダーされた料理を置いて去ろうとする池澤を、ヒロコが引き留めた。

「ちょっと待って、マロロ。もう配達終了時間でしょ？　ねえ、これ食べてって。さあさあ！」

池澤が運んできた料理を、ヒロコが池澤本人に差し出した。

「えっ、じゃあ、僕のためにこれを？」

「冷めないうちに、どうぞ召し上がれ」

「ありがとう」

ヒロコは池澤に微笑(ほほえ)みかけると、右京に向き合った。

「ねえ、質問もうひとつあるって言ってたわね」

「昨夜のことですが、速水さんは電話をかけながら出ていったとおっしゃいましたね」

「うん」

「ヒロコさんのことですから、話が聞こえちゃったのではないかと」

「そうよ」ヒロコがにんまりした。「あのね、『そう、大至急。ビーカン全部』って言ってたわ、速水ちゃん」

「ビーカン……」

右京が繰り返すと、ヒロコが言った。

「奥さんにさ、帰りが遅くなる言い訳かなんかしてたのよ。デパートのB館全部回ってるから、とかなんか言ってさ。結婚記念日のプレゼントを買いに行くって言ってたから」

その後、ヒロコは客に呼ばれ、ぽかんとした顔の池澤に「じゃあ、しっかり食べてって」と微笑みかけてから、ボックス席に戻っていった。

「右京さん、ビーカンって……」

「ええ」

亘と右京は、ビーカンが「B勘」のことであるとわかっていた。麗音もそれに気づいていた。

三

その夜、捜査一課で、伊丹は麗音から電話で報告を受けた。

「B勘？　間違いないのか？」

――はい。おそらく速水は、長沼郁美にB勘の処分を命じたのではないかと。

「わかった」

電話を切った伊丹は、舌打ちして悔しがった。

「俺としたことが……」

翌日、警視庁の取調室で、伊丹は芹沢とともに、長沼郁美の取り調べをおこなった。

「どうやら、あなたの動機は、嫉妬みたいな色っぽいものじゃなかったようですね。一昨日の夜、速水があなたに電話をかけたのはB勘、つまり裏帳簿を処分させるためだった。それをあなたはチャンスだと思ったはずだ。金庫には、脱税でもした金が入ってたんでしょうね。いまだったら、それを盗んでも発覚しない。そう思ってあなたは犯行に及んだ。違いますか？」

郁美は青ざめた顔で否定した。

「違います」

「とぼけたって無駄だよ。あの金庫にいったいいくら入ってたの？」

芹沢が責める。

「知りません！　わたしはずっと会社にいたんです」郁美は否定したあと、渋々認めた。「たしかに社長には大至急、B勘を破棄するよう言われました。その後、ずっと作業に追われてたんです」

「じゃあ、速水が脱税していたことは認めるんですね？」

伊丹のことばに、郁美はため息をつきながらうなずいた。

「でも本当に、社長を殺してなんかいません」

「そう言われて、はいそうですかって信じると思う？　アリバイ、証明できてないんだよ？」

芹沢が顔を郁美にぐっと近づけた。

特命係の小部屋では、ホワイトボードを前に、右京と亘が事件を検討していた。

「なぜ速水さんが慌ててヒロコさんの店を出たのか、その理由がようやくわかりました」

右京のことばに、亘がうなずいた。

「ええ。長沼郁美に大至急、裏帳簿を処分するように命じたということは……」

「おそらく飛ばし携帯から電話をかけた犯人は、税務調査官を騙ったのでしょうねえ」

「特別調査が入ると聞けば、速水は慌てて金庫を自ら開けて金を移動しようとする。犯人はそのタイミングを狙った」

「問題は、その税務調査官を騙った人物が誰なのか、ですね」

右京が問題を整理し、亘が答えた。

「相馬じゃないですか？　相馬の空白の時間は、ヒロコさんが写真を撮った時間とも一致します」

亘の答えは、そのとき部屋に入ってきた伊丹に否定された。

「それはないな。残念だが、長沼郁美で決まりです」

芹沢が先輩のことばに続けた。

「金庫には一億近い現金が隠してあったようですから、それを狙って……」

「その報告をわざわざ？」

意外そうな亘に、伊丹がにやりと笑う。

「こう見えて、借りは必ず返す主義なんだよ」

芹沢は持参したリストを右京に渡した。

「これ、脱税関係の資料です。速水は現金だけじゃなくて、マネーロンダリングもいろいろやってたみたいですよ」

「なるほど。仕事部屋にあった美術品などが、そのためのものだったと考えると、納得がいきますねえ。貴重な資料をどうもありがとう」

右京と亘はさっそく速水丈二の仕事部屋のあるマンションへ向かい、部屋にあった美術品をリストと照合した。

「おや……」

ひととおり照合したところで、右京が声をあげた。

「なにかありました？」

「いえ、ありませんでした」

右京の不思議な言い回しに、亘が引っかかりを覚えた。

「はい？」

「あるはずのものがないんですよ」

右京がリストの「ワールドコインセット」という文字を指差した。

「コインですか。でも他に持ち去られたものはなさそうですが……」

「となると、持ち去られたのはコインだけ」

右京の眼鏡（めがね）の奥の瞳がキラリと輝いた。


出雲麗音は両手にレジ袋を提げ、昨日ヒロコを助けた石段の前までやってきた。

「こんなに買い込まなくても……」

麗音に非難されても、ヒロコは涼しい顔だった。

「だって、荷物持ちがいるんですもの。使わにゃ損損」

麗音はヒロコが両手で抱えている紙袋の中のリンゴに目をやった。

「で、その大量のリンゴでいったいなにを作るんですか？」

ヒロコはリンゴを一個手に取り、「恋するアップルパイよ」と笑った。

「毒リンゴにしか見えないんですけど」

「なんですって？」ヒロコが麗音に手をあげた瞬間、つかんでいたリンゴが落ちた。

「あっ！」

「なにやってるんですか！」

麗音はレジ袋をその場に置いて、石段を転がり落ちるリンゴを拾いにいった。無事に拾い上げて振り返ったとき、石段の上のヒロコの背後に人影が忍び寄るのを見た。

「ヒロコさん、後ろ！」

「えっ？」

ヒロコは振り返り、そこに池澤麻尋の顔があるのを見て、相好を崩した。

「やだ、マロロじゃない！　なに？　あたしに会いに来てくれたの？」

麗音は石段を駆け上がり、ヒロコの楯となるよう、池澤の前に立った。

「ちょっと麗音、邪魔」

ヒロコに文句を言われても麗音は動かず、池澤を睨みつけた。

「いま、ヒロコさんのこと、突き落とそうとしましたよね？」

「はあ？　なに言ってるの？」

ヒロコが呆れ、池澤は困惑顔になった。

「声をかけようとしただけですけど」

「ヒロコさんの背中を押そうとして……」

麗音のことばを、ヒロコが遮った。

「ちょっと麗音、いい加減にしなさいよ！　マロロがそんなことするはずないじゃない」

「でも、たしかにいま……」

「昨日、あたしがここで襲われたとき、マロロはあたしの目の前にいたのよ？　あんただって、それを知ってるじゃない」

麗音はヒロコを制して、池澤に訊いた。

「確認させてください。一昨日の夜七時半から八時の間、どちらにいましたか？」

池澤がスマホの配達履歴を調べた。

「その時間なら……リクエストを受けたのが七時十四分。そこから料理のピックアップに向かって、世田谷まで配達に。料理を届け終えたのが七時五十八分ですけど」

反論できない麗音に、ヒロコが宣告した。

「麗音、あんたクビ。クビよ！　持てるわよ、このくらい」

麗音から電話連絡を受けた伊丹は怒鳴った。

「バカ野郎！　クビになっただと？」

——すみません。ヒロコさんの警護、代わっていただけませんか？

麗音の声を隣で聞いていた芹沢が通話口に向かって言った。

「もうさ、そっちの警護、必要ないだろ。戻ってさ、長沼郁美の裏取りしろよ」

――はい。すみませんでした。


ヒロコは片手でリンゴの入った紙袋を抱え、もう一方の手でレジ袋を持ち、肩からはバッグをかけて、ぷりぷりしながら、人気(ひとけ)のない路地を店へと向かっていた。

「もう、あのおかちめんこ！　マロロを疑うなんて、絶対許してあげないんだから！　もう、手がちぎれる……」

と、突然背後から肩かけバッグをつかまれ、強い力で引かれた。

「キャーッ！　なにすんのよ！」

道路に倒れたヒロコが見上げると、麗音が駆けつけて、ヒロコのバッグを奪った暴漢を押さえ込んだ。

「麗音！　で、あんた、誰よ？」

そこへ、右京と亘が現れた。

「あっ！　右京さん。ねえ！」

「出雲さんから、ヒロコさんが怪しい男につけられていると連絡をもらいましてね」右京は麗音が組み敷いたままの男に目をやった。「あなたでしたか、相馬さん」

右京と亘は警視庁の取調室で、相馬和義と向き合っていた。

「どうしてヒロコさんを狙った？　一昨日の夜、見られたらまずい写真を撮られたと思ったからだろ」

亘が追及しても、相馬は「なんの話ですか」ととぼけた。

「これ。現場近くのゴミ置き場で見つけた」

亘がコインの入っていたショーケースを取り出すと、相馬の顔色が変わった。それを見て、右京が一気に攻め込んだ。

「おそらく、このコインのショーケースを捨てに行ったところを、ヒロコさんに撮られたと思ったのでしょうねえ。あなたがコインコレクターであることはわかっています。あなたの部屋には超音波洗浄機と、粉末のコインクリーナーが置いてありました。相馬さん、あなたは事件当夜、速水さんから、税務調査が入ることになったと連絡を受け、あの部屋を訪ねたんじゃありませんか？」

相馬はすっかり観念した顔になっていた。

「はい。特別調査が入ることになったから預かってほしいものがあると。だから至急来てくれと頼まれて、行ってみると、速水は頭から血を流して死んでいました。そのそばに、コインの入ったショーケースが落ちていて……そのコイン、もともと、私が持ってたものだったんです。なかなか手に入らない代物で。でも、借金の返済のために泣く泣く手放して……それをまさか速水が持ってたなんて。ショーケースごと持ち帰ろうかと思ったのですが、かさばるので、コインだけ取り出して持ち帰ることにしました」

隣の部屋からマジックミラー越しに取り調べのようすをうかがっていた芹沢が、納得したようにうなずいた。

「なるほど。そういうことだったのか」

伊丹は不服そうだった。

「ってなに、感心してんだよ。だいたい、なんだって俺らがここに」

「相馬を捕まえたのは特命係ですから」

麗音のことばに、伊丹がむくれた。

「わかってるよ、そんなこと……」

亘が相馬の行動を推測した。

「で、ケースだけ残っていると不自然と思われる。そう思って捨てに行ったのか」

「はい。万が一を考えて、近くのゴミ置き場まで。そのとき、スマホのフラッシュが光ったので、写真を撮られたのではないかと思って……つけていったら、撮ったのはゲイバーのママだとわかりました。だから、スマホを奪おうと……」

口ごもる相馬に、右京が言った。

「あなたが速水社長の脱税の一端を担っていたことは、すでに承知しています」

「さしずめ、帳簿上のごまかしを条件に、海運会社に口を利いてもらったってとこか」

亘のことばにうなだれながらも、相馬は主張した。

「でも、速水を殺したのは私ではありません！」

右京が急に話題を変えた。

「そのとき、クローゼットは開いていましたか？」

「クローゼット？」

「あなたが部屋に入ったときです。クローゼットは開いていましたか？」

相馬が目を閉じて記憶を探った。

「閉まってました。クローゼットは閉まってました」

「やはり、そうでしたか」

右京と亘は取り調べを終えて、特命係の小部屋で、再度事件を検討した。

右京が犯人の行動を推理した。

「事件当夜、税務調査官を装い、速水に電話をかけてきた犯人は、速水があの部屋に駆け込んでくるのを、近くで待ち伏せしていた。そしてスタンガンで速水を襲った。ですが、おそらく速水は意識を取り戻し、抵抗したのでしょう。犯人は近くにあった灰皿で、速水を殴り殺した。そして、金庫の中の現金を奪って逃げようとしたとき、相馬がやってきた。困った犯人はとっさにクローゼットの中に隠れたのでしょう」

亘が右京の推理を継いだ。

「そして、相馬がショーケースを捨てに行ってる隙に現金を持って逃げ去った。なかなか大胆な奴ですね。人目がある中で速水を待ち伏せし、逃げおおせるとは」

「たしかに、あの時間帯は人通りも少なくありませんし、表で相馬に出くわす可能性もある。誰にも怪しまれずにあの部屋に侵入し、しかも、一億円近い現金を手に逃走。なおかつ税務に詳しい人物……。ひとり、心当たりがあります」

右京が左手の人差し指を立てた。

四

翌日、右京と亘がとある公園のベンチに座って待っていると、デリバリーバッグを背負った池澤がやってきた。

「お待たせしました。〈デリッタロウ〉です。ご注文いただいた青木さんですか？　あれ、あなた方は……」

注文者が顔見知りの警察官だと悟った池澤に、右京が言った。

「配達場所を自由に指定できるとは、本当に便利なシステムですねえ」

亘が続けた。

「しかも注文者名も自由。偽名も可能」

「ただし、配達員の指名はできないので、注文時には誰が配達に来るのかはわかりません。ヒロコさんのような例外を除いては」

右京のことばに、池澤が声をあげた。

「ええ。だから驚きました。こんな偶然ってあるんですね」

「いいえ、偶然ではありませんよ」

「えっ？」

「警視庁(うち)の優秀なサイバーポリスマンが、君がその料理をここに届けるように仕向けた」

亘の紹介を受け、サイバーセキュリティ対策本部の特別捜査官、青木年男がタブレットを片手に、木陰から現れた。

「この程度のこと、この僕にかかれば朝飯前。君が今どこにいるのかは一目瞭然だ」青木はタブレットに公園周辺の地図を表示した。地図には人の位置を示すマークが点灯していた。「このマークは君だ、池澤麻尋。もしいま、すぐ近くにあるラーメン屋に注文が入れば、配達リクエストは間違いなく君に届く。いまこの付近には君しか配達員はいないからな。このシステムを利用すれば、そのオーダーを君がここに届けに来るよう仕向けることも可能ということだ」

「なんのためにそんなことを……」

とぼける池澤に、右京が告げた。

「あなたが利用したアリバイ工作を、あなたの目の前で実践してみせるためですよ」

亘が端的にまとめた。

「君のアリバイを崩すためにな」

「……なんの話ですか？」

まだしらを切る池澤に、青木が冷たく言った。

「とぼけても無駄だ。君が事件当夜、配達したという世田谷の注文者の携帯を調べたら、速水殺しの犯人が使用した飛ばし携帯と一致した。おかしいだろ。その時間、犯人は新宿二丁目にいたはずなんだから」

亘が池澤の仕組んだアリバイを崩す。

「君はその飛ばし携帯で、前もって偽名で〈デリッタロウ〉のアプリに登録したんだろ。あとは犯行当日、君自身がそこから注文を入れればいい。近くに他の配達員がいない店を選べば、確実に君に配達リクエストが入る。だが料理を届ける必要はない。君自身が注文者だから、そのまますぐにマンションへ向かえば、七時半には現場に到着できる」

右京が池澤を犯人と特定した経緯について語った。

「ヒロコさんがB勘の話をしたときの、あなたのようすが気になりましてねえ。あなたは税務関係のことに詳しいのではないかと。だからこそあなたは、速水本人に金庫を開けさせる計画を思いつき、税務調査官を装って、飛ばし携帯から速水に電話をかけた」

犯行日が速水の結婚記念日だったのは偶然だった。あの日、速水が〈薔薇と髭と……〉に入っていくのを遠くから見ていた池澤は、頃合いを見て、速水に電話をかけた。携帯電話の番号は隙を見てヒロコのスマホから盗み、把握していた。

「東新宿税務署の上原（うえはら）と申します。速水さん、あなた、新宿に部屋を借りてますね」

——えっ！

「いまからそちらの部屋に税務調査に入らせていただきます」

——待ってください。いま、別の場所にいますので、一時間後にしてもらえませんか？

「わかりました。では、八時半におうかがいしますので」

速水の仕事場のマンションの前で待っていると、大急ぎで速水が帰ってきた。速水がマンションに入るとき、池澤は後ろについて一緒に入った。〈デリッタロウ〉の配達員の格好をしていたので、怪しまれることはなかった。

速水は慌てて部屋に入り、施錠することも忘れていた。池澤が押し入ったとき、速水は金庫の中の金をバッグに移し替えている最中だった。池澤は持参したスタンガンで速水の意識を奪ったのだった。ところが、速水が意外と早く意識を取り戻したので、殺さざるを得なくなった。そこから計画がほころびはじめたのだった。

右京の告発が続く。

「〈デリッタロウ〉の配達員のフリをしていれば、怪しまれずにマンションへの出入りも可能です。奪った金もデリバリーバッグに入れて持ち出せば、それこそ誰にも怪しまれません」

「じゃあ、これは僕が」青木は池澤が運んできた料理を手に取ると、去り際に言った。「ひとつ言い忘れていた。君が三カ月前の十一月十日、十三時二十四分、〈速水貿易〉の社長室まで料理を届けていることは、確認済みだからね」

「そのときですね。速水の脱税に気づいたのは」

右京の指摘したとおりだった。池澤はいま思い返しても怒りが収まらなかった。

その日、池澤が〈速水貿易〉の社長室に弁当を届けに行くと、速水は長沼郁美に内線電話をかけながら、「そこ置いといて」と、応接テーブルを顎で示した。池澤は言われたとおりにテーブルに置いた。

内線電話で呼ばれた郁美がやってくると、速水は席を立ったが、足がテーブルにぶつかって、はずみで弁当が絨毯の上に落ちた。

「ったく、こんなところに置きやがって！　なにボーッとしてんだよ。さっさと拭けよ」

速水は池澤を一方的に責めると、郁美に書類を渡した。

「これ、先週の領収書。こっちのインボイスとB／L（船荷証券）はB勘のほうにつけといて」

「社長」

郁美は池澤の存在を気にしたが、傲慢な速水は「こんな奴にわかりゃしねえよ」と決めつけ、高飛車な態度で池澤に命じたのだった。

「お前、ちゃんと拭いとけよ！　その絨毯、高えんだからな」

回想を終えたとき、池澤は拳を握りしめていた。

「速水は人としても最低でした。許せなかった。脱税してるくせに、人を見下すあいつが許せなかった」

亘が池澤の行動を読んだ。

「それで速水のことを調べ、ヒロコさんの店に行くようになったのか」

「脱税した金を貯め込んでいるようでした。どうせ表に出せないような金ですよ。だったら誰がどう使ったって勝手じゃないですか！」

「五カ月前まであなたが、〈八宮(はちみや)工業〉の経理担当だったことはわかっています。その会社に税務調査が入り、多額の追徴課税を受け、その責任をあなたが問われたことも」

右京のことばで、池澤はいけ好かない〈八宮工業〉の社長のことまで思い出してしまった。

「なんのための経理なんだ。こんなに追徴課税払わせやがって！　お前みたいな奴はクビだ！」

池澤は悔しさを右京にぶつけた。

「すべて、社長の指示に従ってやったことなのに。売上や経費をごまかしていたのは、あいつのほうなんですよ！　世の中そんな奴らばかりですよ！　すべてが金、金、金！人のことなんか、これっぽっちも考えない」

「だからといって、人の金を奪っていい理由にはなりませんよ！」右京が池澤を一喝した。「ましてや人の命を奪うなど。あなたがどれほど大きな罪を犯したのか、これから知ることになりますよ」

「『自分の生き方なら、この先いくらだって変えられる』というヒロコさんのことば、ちゃんと受け取るべきでしたね」

亘が静かに語りかけた。

その夜、〈薔薇と髭と……〉は臨時休業だった。カウンターに突っ伏してさめざめと泣くヒロコの背中を、麗音はただ見つめるしかなかった。

数日後の夜、家庭料理〈こてまり〉のカウンターに右京と亘の姿があった。

「ヒロコさん、大丈夫ですかね」

心配する亘に、右京が応じた。

「そうですねえ。今度、ようすを見に行ってみましょうか」

すると、引き戸が開き、ヒロコが顔をのぞかせた。

「今度とオバケは出ないわよ。なによ、この店。〈髭の里〉はどうなったのよ」

右京がかつて常連として通っていた〈花の里〉という小料理屋があった。その店が閉店したことから、ヒロコは自分の店を〈髭の里〉と改称してもよいと提案したことがあったのだ。

右京は苦笑するしかなかった。

「どうなったと言われましても……」

ヒロコが女将の小手鞠こと小出茉梨をひと睨みした。

「この女にたぶらかされたのね」

小手鞠はさらりと受け流した。

「あら。どういう意味でしょうか？」

「あんた、ただ者じゃないわね」

ヒロコが後ろ手に持った花束に、亘が気づいた。

「あれ？　ヒロコさん、それは？」

「えっ？　ああ。あのおかちめんこに渡しといて。一応、お礼」

ヒロコはそう言って、黄色い薔薇の花束を右京に渡した。

「ご自分でお渡しになってはいかがですか？」

「嫌よ。どうしてあたしが女に花を贈らなきゃいけないのよ。じゃあ、頼んだわね」

用件だけ告げて、さっさと店を出ていこうとするヒロコに小手鞠が言った。

「友情、ですね」

右京が女将のことばの意味を理解した。

「なるほど。黄色い薔薇の花ことば」

「そういうことですか」亘も納得した。

ヒロコが戻ってきた。そして、「やっぱり、いけ好かない女ねえ。気が変わったわ。これ、あなたにあげる」と、花束を女将に渡した。

「ああ……」

呆気にとられる女将を尻目に、ヒロコは「どうもお邪魔しました」と今度こそ店を出ていった。

「嫉妬」右京がぽつんと言った。

「え？」

戸惑う小手鞠に、右京が告げた。

「黄色い薔薇には、嫉妬という花ことばもあるんですよ」

三人は花束を見つめるばかりだった。

第十五話
「人生ゲーム」

一

「おはよう」

小峰翔太がダイニングルームに顔を出すと、母親の凛子がにこやかに声をかけた。

「おはよう」

一方、父親の裕司は新聞の紙面から目を上げようともせず、息子を叱った。

「模試の結果見たぞ。なんだ、あれは」

「ごめんなさい」

「そんな、朝からお説教なんて……」

取りなそうとする凛子も裕司の標的となった。

「お前はこいつを甘やかしすぎなんだ」裕司がこの朝初めて翔太に目を向けた。「翔太、俺はいつも自分の力で道を切り開いてきた。学費だって全部バイトで稼いだ。お前も親の金を当てにする人間なんかにはなるな。自分の力で人生の勝者になれ。いいな？」

言いたいことだけ言い終えると、裕司は会社に出勤すべく、さっさと家を出ていった。

しばらくして、小峰家の玄関先で、登校する翔太を凛子が見送った。

「翔ちゃん、お母さん、今晩お友達と会うから、夜遅くなるの。塾にお迎えにいけないからね」

「昨日聞いたよ」

凛子が息子に封筒を渡す。

「はい、タクシー代。五万円入ってるから、欲しいって言ってたゲーム、買いなさい。お父さんには内緒よ」

「ありがとう」

翔太の顔に笑みがこぼれた。


その翔太を少し離れた車の中から、ふたりの男が見ていた。

「あの子だ」

大槻健太(おおつきけんた)が双眼鏡を安村剛(やすむらつよし)に渡した。

「ケンちゃん、本気なの？」

気が進まないようすの安村を、大槻が叱咤(しった)した。

「いまさらなに言ってんだよ！　今晩やるんだぞ！　これでお前に借りも返せる。一からやり直したいんだろ？」

「そりゃ……」

「絶対にうまくいく。完璧な計画だ」

警視庁特命係の冠城亘は目当ての鮮魚店のシャッターが降り、そこに紙が貼ってあるのを見て、頭を抱えた。

「あっちゃあ、参ったなあ……」

亘の上司の杉下右京が貼り紙を読んだ。

「閉店ですか。残念ですねえ。わざわざ電車を乗り継いで来たのに」

「いやあ、その価値、十分にあったんですけどね。ああ、右京さんに食べさせたかったです。奥にひとつだけテーブル席があって、店先の魚を選ぶと、大将がその場で調理してくれて。あと女将（おかみ）さんが作るあら汁も絶品で」

いくら亘に言われても、右京は「ほう」と返すしかなかった。

亘が通りの向こうの人だかりに目をやった。〈激安スーパーコミネ〉の特売コーナーの前に主婦たちが集まっているのだった。

「あれのせいですね。前はなかったんですけどもね」

「激安スーパーですか」

「社長はもともと、小さな魚屋からはじめたらしいんですがね、いまは何十店舗もあるスーパーチェーンに」

右京が目の前の小さな魚屋を見やった。

「皮肉な話ですねえ」

「すみませんでした……」

「いいえ、構いませんよ」


安村剛が大槻健太と別れて、木造二階建ての古びたアパートに戻ってくると、工務店の男が大家と話をしているところだった。

「問題なければ、来月頭から施工させていただきたいと思います」

「ええ、わかりました」うなずいた大家の目が、肩をすぼめて帰ってきた店子（たなこ）の姿をとらえた。「ああ、安村さん、約束どおり今月いっぱいで退去してよ。残ってるのはおたくだけなんだよ。来月の頭から取り壊し工事はじまるからね」

「……はい」

部屋に入った安村は、久しぶりにひとりで人生ゲームをはじめた。ボードの上のルーレットを回し、駒を進める。やがて安村の手元におもちゃの紙幣が溜まっていった。

「やるしかないか……」

安村は決意を固めた。

右京と亘が昼食を済ませて警視庁に戻ろうと駅前の歩道橋を上ると、橋の上をうろうろする少年を見つけた。少年の近くでは、老人が警察官に道を尋ねているところだった。少年は警察官のほうを眺めて、行こうか行くまいか迷っているように見受けられた。その少年の頰には痣があった。

亘が少年の前に立った。

「警察になにか用？」そこで警察手帳を見せた。「僕たちも警察なんだけど。その痣、どうした？　友達に？」

少年は影山将という名だった。将が首を横に振ったので、亘が「じゃあ、家で？」と訊き直した。

小さな頭がわずかに縦に振られたのを確認して、右京が腰を屈めた。

「僕たちは、君の助けになれると思いますよ」

将が右京の目を見て訴えた。

「だったら僕のことより、友達が悪い奴に……。友達を助けてください！」

「友達？」

右京と亘は顔を見合わせた。

その日の夜、大槻と安村が学習塾の近くにレンタカーを停めて見張っていると、小峰翔太が友人とともに出てきた。

「出てきたぞ」

翔太は塾の前まで親が車で迎えにきていた友人と別れ、ひとりで歩きはじめた。大槻がエンジンをかけ、車でゆっくりと追走する。しばらく進んだところで、翔太は人気のない路地に入っていった。

「トロ、いまだ」

大槻は安村をあだ名で呼んだ。

「えっ？」

戸惑う安村に、大槻が焦れたように命じた。

「早く行けよ！」

その頃、右京と亘は安村のアパート近くに車を停め、安村が帰ってくるのを待っていた。

夜になってもどの部屋にも明かりのついていないアパートを一瞥して、亘が言った。

「人質を隠すにはうってつけですね」

「ええ」右京がうなずく。「だからこそ安村さんを仲間に引き入れたのでしょうねえ」

するとアパートの前に一台の車が近づいてきて停まった。亘がナンバープレートに目をやった。

「レンタカーですね……」

すぐにレンタカーの中から、安村とひとりの少年が降りてきた。安村が少年をアパートのほうへいざなうのを見て、右京は車を降りた。

「冠城くん、お願いします」

亘は車を発進させ、走り出したレンタカーを追った。右京が薄い木製のドアに耳を当てると、会話の断片が聞こえた。右京は安村が少年とともに消えた部屋へと足を進めた。

――うちのお父さんのこと、知ってる？

少年の声に、安村が答えていた。

――〈激安スーパーコミネ〉の社長さんだろ。

その頃、小峰裕司は〈激安スーパーコミネ〉を運営する〈コミネライフホールディングス〉の本社オフィスで、年上の部長、野口(のぐち)を頭ごなしに怒鳴りつけていた。

「出店ペースが遅い！　三年で一気に百店舗出店する。そう言いましたよね。なぜ進まないんですか？」

「それは……」

上目遣いで口ごもる野口に、小峰が書類を突きつけた。

「あなたが無能だからですよ！　商売はパイの取り合い、ゼロサムゲームです。勝者が生き残り、敗者が去る。一から見直してください」

小峰が社長室に戻ったとき、スマホが鳴った。非通知の相手からの電話に首を傾げながら、電話に出る。

「もしもし、小峰ですが」

ボイスチェンジャーを通した抑揚のない声が聞こえてきた。

――あんたの息子を誘拐した。身代金は一億。手元にキャッシュであるだろ？　警察に通報したら息子の命はない。

「ちょっと待ってくれ」

――あんたは通報なんかできないよな。また連絡する。

右京は安村のアパートのそばで、亘からの電話を受けていた。亘は尾行したレンタカーが見える位置に停車し、ようすをうかがっていた。

――レンタカー会社から話が聞けました。借り主は大槻健太という名前です。双眼鏡を使って、なにやらようすをうかがってます。

「おそらくその近くに、〈激安スーパーコミネ〉の社長宅があるはずです。あの少年の父親です」

――えっ、昼間見かけたスーパーの？

「そのようですねえ」

――それにしても身代金の受け渡しなんてことになったら、ちょっと厄介ですね。

「応援を呼ぶしかありませんね」

――あの三人に頭を下げますか。

「丁重にお願いしてください」

――将くんのほうはどうします？

「ああ、角田課長に気の毒な子供がいると相談したら、すべては俺に任せておけと」

――ああ見えて、人情味あふれる人ですからね。それにしても、妙な事件に巻き込まれました。

「そもそもは君がおいしい魚の店があるからぜひ、と言ったことがきっかけですがね」

右京が皮肉を言うと、亘が嘆いた。

――小峰社長が激安スーパーをあそこに出してなければ……。

「まったく妙な縁ですねえ」

右京が古アパートを見上げた。

そのアパートの一室では、安村が翔太の寝顔をぼんやり見つめていた。

た。

「寝ちゃったか。なにをやってんだ……」
ため息をつく安村の傍らには、人生ゲームのボードとおもちゃの紙幣が広げられてい

二

翌朝、右京が見張っていると、安村がひとりで部屋から出てきた。ゴミの集積場に大きな紙袋を捨ててから、徒歩で去っていく。

右京は紙袋を拾い上げ、中を検めた。人生ゲームが一式入っているのを確認した右京は、間を空けて安村を追った。

しばらく尾行していると、安村は商店街の外れに出た。建物が取り壊され、更地になって「売地」の看板の立つ空き地をぼうっと見つめている安村に、近所の主婦と思われる老婦人が声をかけてきた。

「あら剛くん！　あんた、元気だったの？」

安村は頭を下げただけで逃げるようにその場を去ると、商店街の肉屋へ入っていった。

安村はショーケースの中の百グラム三千円の高級ローストビーフに目をやり、勇気を振り絞るようにして店主に声をかけた。

「すみません、神戸牛のローストビーフください」

「ああ、いらっしゃい。何グラムにしましょう」

「百グラム」

「はい」

と、そこへふらりと右京が入ってきた。

「僕も同じものを二百グラム」

「はい」

右京は安村に話しかけた。

「ホームパーティーですか？」

「えっ？　ああ、まあ……」

ことばを濁す安村に、右京が嘘も方便と言い募る。

「うちもなんですよ。妻に頼まれて来たんですけどね、ここのローストビーフ、かなり評判が高いそうで。値段もかなりお高いですが」

「はあ……」

「妻の友人、食通のお金持ちで、適当なものなんて出せないからって。困ったものです。あっ、おたくもですか？」

「は？」

「お招きしている方、舌が肥えていらっしゃるんじゃ？」

「はあ……」

「お客さまはおひとりですね？」

「えっ！」安村の顔色が変わった。

「百グラムしかお求めになっていませんから」

そのとき、店主が安村にローストビーフの包みを渡した。

「お待たせしました。三千円になります」

安村は千円札を三枚渡すと、急いで店から出ていった。

大槻健太がレンタカーの中から双眼鏡で見張るなか、小峰家に訪問者があった。訪問者はきちんとスーツを着、ネクタイを締めていた。

小峰家のリビングでは、凛子が裕司に詰め寄っていた。

「なんで連絡がないの？　もう無理、警察に通報しよう」

「駄目だ」裕司は聞く耳を持たなかった。

「翔太になにかあったらどうするのよ！　いまは自分のことなんて考えてる場合じゃないでしょ」

そのとき、インターフォンが鳴った。緊張した面持ちで、裕司が出る。

「はい」

モニター画面に映っているのはスーツに身を固めた亘だった。亘がパンフレットを掲げてみせた。

――リフォーム業者の者ですが。

「結構です。お引き取りください」

亘はパンフレットに隠すようにして、警察手帳を見せた。

――失礼しました。警視庁特命係の冠城と申しますが、お宅を見張ってる人間がいましてね……息子さんが事件に巻き込まれたという情報があります。息子さんご在宅ですか？

「部屋で休んでいます」

――確認させていただいても？

「いや、熱があるのでそれは……」

――誘拐されたのでは？

「なにをバカなことを。お引き取りください！」

一方的にインターフォンを切った裕司を、信じられないものでも見るような目で凛子が見ていた。

「あなた！」

安村は肉屋を出たあと、少し離れた場所から和菓子屋を眺めていた。和菓子屋の外では、職人がタバコを吸っていた。

右京が背後から安村の動向をうかがっていると、スマホが振動した。亘からの着信だった。

「杉下です」

――冠城です。小峰家にいま確認しましたが、誘拐など起きていないと全否定されました。

「それは妙ですねえ。普通、子供が誘拐されたら、どれほど犯人に脅迫されようと通報するものです。自分たちだけで恐怖に耐えきれるものではありません」

――たしかに。

「警察に介入されたくない理由でもあるのでしょうか。君も言っていたように、小峰さんは例の激安スーパーチェーンの創業者。近年、急激に成長している会社です」

――その辺り、なにかありそうですね。調べてみます。

「お願いします。大槻健太のほうは？」

――伊丹さんたちが見張っていますが、まだ動きは……。

「なにかわかれば連絡を」

――了解しました。

亘が電話を切った。

亘が小峰家から立ち去るのを見て、大槻はレンタカーの中でほっと胸をなでおろしていた。

「ただの営業マンか……そろそろようすうかがいしてやるか」

ついに小峰裕司のスマホの着信音が鳴った。裕司はすぐに電話に出た。

「もしもし」

ボイスチェンジャーの声が聞こえてきた。

――金は用意できたか？

「ああ」

――警察には連絡してないだろうな？

「してないよ。翔太は無事か？」

夫のスマホに耳を当てていた凛子が言い添えた。

「声を聞かせて！」

――心配するな。別の場所にいる。金さえ手に入れば無事に返す。次の連絡を待て。

電話は一方的に切られてしまい、神経を逆なでするような不通音が裕司の鼓膜を震わせた。

大槻健太のレンタカーより後方の、見通しのよい場所に一台の車が停まっており、捜査一課の刑事三人が中から見張っていた。

助手席の芹沢慶二があくびを噛(か)み殺した。

「ひと晩経っても、いまだ通報いっさいなし」

後部座席の伊丹憲一は半信半疑だった。

「本当に誘拐事件なんか起きてんのか？」

そのとき、後部座席のドアが開き、亘が乗り込んできた。運転席の出雲麗音が亘に言った。

「お疲れさまです」

「で、どうだった？　認めたのか？」

急かす伊丹に、借りたネクタイを返しながら、亘が小峰裕司の返事を要約した。

「熱を出して部屋で休んでると」

「はあ、どういうことだ？　お前、いまさら勘違いっていうんじゃ、洒落(しゃれ)にならねえぞ」

「誘拐されたことは間違いないんですが、親が否定している以上、なにか動きがないことには、手出しできませんからね」

「悪だくみを耳にしたっていう友人の証言があったんですよね？」

麗音が確認すると、芹沢は疑問を呈した。

「子供の話だろ？　信用しちゃっていいの？」

「だいたい、特殊班を呼ばずに俺たちに頼む時点で、お前も信憑性は低いと思ってるんじゃねえのか？」

伊丹に問い質され、亘が言い募る。

「いやいやいや、いつもお世話になってる皆様に、手柄をお譲りしたい一心で」

「へっ、調子いいこと言いやがって」

「あのレンタカーの借り主って……」

前方を見つめる麗音のことばを、亘が継いだ。

「大槻健太。何者なのか、現在捜査中」

「こんな場所にひと晩中、レンタカーを停めてるんです。どう考えても怪しい。冠城さんたちの読みは正しいんじゃ……」

「優秀な部下をお持ちで」

亘が麗音を褒めると、芹沢が難色を示した。

「調子に乗らせないでくれる？　まだ仮免中」

「じゃ、あとはよろしく」

亘はそう言い残すと、さっさと車から降りていった。

「よろしくって、冠城、オラッ！」

伊丹が呼び止めても、亘は振り返らなかった。

その頃、組織犯罪対策五課長の角田六郎は、とある団地の一室に影山将の義父、隆造(りゅうぞう)を訪ねていた。こたつの上には酒の瓶とグラスが並び、部屋は散らかり放題だった。角田が部屋を見回した。その部屋の片隅で、将が小さくなっていた。

「あんた、息子さんに手をあげてるそうだね」

角田のひと言で、隆造が感情を爆発させた。

「俺の子じゃねえ。連れ子だよ、連れ子！　あの女、若い男と逃げやがった。こんな荷物、残してよ！」

「荷物って……。子供は物じゃねえんだぞ」

「うぜえな。人んちにずかずか上がり込みやがって」

「日常的に暴力を振るっていることは認めるんだね？」

「知らねえよ！　ああ、むかつく」

「とにかく将くんは、児童相談所のほうで保護してもらうぞ」

「せいせいするわ。さっさと連れてけ！　こんなクソガキ！」

「お前には人の心がないのか？　児童虐待は立派な犯罪だ。覚悟しとけよ」

暴力団の組長を前にしても一歩も引かない角田から顔を突きつけられ、隆造は思わずうつむいた。

わずかな荷物をまとめ、団地を出たところで、角田が将に言った。

「心配するな。これからきっとなにもかもうまくいく。君の友達のことも、あのふたりが必ずなんとかしてくれる。君はいい男たちと出会った。運がよかったよ」

角田が笑うと、とても組対の課長とは思えぬほど温厚な顔になるのだった。

安村が公園のブランコに腰かけてぼんやり考えごとをしていると、右京がやってきた。

「おやおや。またお会いしましたねえ」

「あっ……」

口ごもる安村に、右京が訊いた。

「今日はお仕事はお休みですか？」

「ええまあ……」

右京が提げていた紙袋を示した。

「そこの和菓子屋で買ったんですがね、おひとつ、どうですか？」

　ようやく安村が口を開いた。

「それ、きっとおいしくないですよ。タバコを吸う職人が作った大福なんて」

「おや、そうでしたか。やはりいけませんか、タバコは」

「和菓子職人には御法度です」

　右京もブランコの座板に座った。

「ということは、あなたも職人さん？」

「前に。いまはもう……」

　口数の少ない安村に、右京が果敢に攻め込む。

「どうしてお辞めになったんです？　あっ、すみませんね、立ち入ったことをお訊きして。僕の悪い癖。あなたのお作りになった大福、さぞかしおいしいでしょうね」

「それしか能がないんで」

　安村がかすかに笑った。

「若い頃から修業を？」

「中学出てそのまま。親父に怒鳴られながら仕事覚えて」

「ほう、後を継がれたんですか。あなたのお作りになる大福、ぜひ食べてみたいですねえ」

「もう一度、一からやり直せればいいんですが……」

「いまならまだ間に合うんじゃありませんか？」

右京のことばになにか別のニュアンスを感じ取ったらしい安村は、思いを断ち切るようにブランコから腰を浮かせた。

「……そろそろ行かないと」

三

古アパートの一室では、小峰翔太が安村に背を向け、ひとりでローストビーフを食べていた。安村は空腹を抱えたまま、自己嫌悪に陥っていた。

その部屋を外から右京が見張っていた。

「たしかにいまひとつですねえ」

買ってきた大福をひと口食した右京が、安村の評価の正しさを実感しているところへ、サイバーセキュリティ対策本部の特別捜査官、青木年男が不機嫌な顔で現れた。

「杉下さん、なんですか？　わざわざ僕をこんな場末に呼び出すなんて」

右京は大福の残りを口に押し込み、青木に向き合った。

「頼みがありまして。少々調べたいことがあって、この場を離れなければなりません。

あのアパートに人の出入りがあったら、知らせてください」

「それで？」

「それだけです」

青木が目を丸くした。

「まさかサイバーポリスのこの僕に、張り込みをしろと？」

「青木くん、君の優秀な頭脳なくして特命係は成り立ちません。大福、どうぞ。ああ、それから、この中に百グラム三千円もする神戸牛のローストビーフが。日頃の感謝の印です。滅多に口にできる代物ではありませんよ。よろしく」

和菓子の紙袋と肉屋のレジ袋を渡してさっさと立ち去る右京の背中に、青木が舌打ちした。

「なんなんだよ！」


亘はその頃、〈コミネライフホールディングス〉の本社を訪ねていた。

「お仕事中すみません。小峰社長についてお話をうかがいたいと思いまして」

「小峰は体調不良で本日休んでおりますが」

対応に出た若手社員がそう応えると、亘はオフィスをぐるりと見渡した。

「存じております。いらっしゃらないからこそ、話せることもあるんじゃないかと。どなたか話を聞かせてくださる方、いらっしゃいませんか？」

「……困ります。社長の許可を得ていただかないと」

若手社員は難色を示したが、その向こうで年輩の社員がおどおどしながらこちらのようすをうかがっているのに亘は気づいた。亘と目が合うと、その社員は顔を伏せた。

「わかりました。出直します」

亘が廊下（ろうか）で待っていると、年輩の社員が部屋から出てきた。亘が給湯室へいざなう。

「ああ、失礼。人目につかない場所ならと思いまして。どうぞ」

年輩社員の名札には「野口」とあった。野口がいきなり言った。

「裏リベートのことですか？」

「はい？」

「社長は個人的に納入業者からリベートを取ってます。そのこと、調べてらっしゃるんじゃ？」

亘は即座に話を合わせた。

「ご存じのことがあるんですね。どうぞ続けてください」

「うちはもともと、社長の個人商店からはじまった会社なんで、経理面でずさんなところがあって。一度社長が酒に酔ってうっかり口を滑らせたことが……」

「裏リベートのことを？」

「自宅に億単位の現金を違法に隠していると。叩けば、必ず埃が出るはずです」

「叩いてほしそうな口ぶりですね。あんまり社長のことを快く思ってない？」

亘が水を向けると、野口の声のトーンが上がった。

「みんなそうですよ。転職先が見つからないから辛抱してるだけです」

「……大槻健太という人物、ご存じありません？」

亘の質問に、野口は「いえ」とかぶりを振った。


小峰家のリビングでは、凛子が裕司に迫っていた。

「いまからでも遅くない。警察に連絡しよう。お願い」

裕司にはその気がなかった。

「金さえ払えば、翔太を無事に返すと言った。大丈夫だ」

「翔太にもしものことがあったら、あなたのせいよ」

「お前がのんきに飯食いに行ってたからだろうが」

「送り迎えなんかしなくていいって言ったでしょ！　甘やかすなって。あなた、厳しすぎたのよ。翔太は素直で優しい子なのに」

「それじゃいまの世の中渡っていけない。生き残るためにはしたたかじゃないと。だから俺は……」

そのとき、裕司のスマホが鳴った。非通知の表示を見て、慌てて電話に出る。

「もしもし」

ボイスチェンジャーを通した無機質な声が聞こえてきた。

――身代金の受け渡し方法を指示する。一億円をキャリーバッグに詰め、十六時ちょうどに、成久駅西口にあるコインロッカーの中に入れろ。コインロッカーの上に鍵を置いて立ち去れ。絶対に振り返るな。お前は常に見張られている。指示に従わなければ息子を殺す。

大槻健太のレンタカーを見張りながら、芹沢がぼやいた。

「全然動きないっすね」

伊丹がため息をつく。

「冠城の野郎はなんの連絡もしてこねえし、警部殿に至っちゃ顔すら見せねえ」

「特命に担がれてるんじゃないんすか？」

「舐めやがって！　ああ、腹減った……」

伊丹の腹が鳴ったとき、運転席のドアが開き、買い出しに行っていた麗音が帰ってきた。

「お待たせしました」

差し出された買い物袋をのぞき込み、伊丹が声をあげた。

「おい、なんだよ？　フルーツサンドって言っただろう」

「すみません、売り切れてたんで」

「かあ、あんパンばっか。しかも牛乳！」

「張り込みといえば、あんパンと牛乳じゃ……」

「いつの時代の話、してんだよ」

むくれる伊丹を見て、芹沢が説明した。

「あのね、先輩は牛乳飲むと腹下すの。こんな顔だけれど、デリケートにできてんのよ。覚えておいて」

「すみません」

「あ～あ、仮免取り消し。残念でした！」

芹沢がおどけたとき、麗音が前方に視線を向け、大槻の車が発進したのに気づいた。

「あっ、動いた」

芹沢が突然険しい顔になった。

「出雲追え！　出せ出せ！」

伊丹が後部座席から声をかけた。

「気づかれんなよ」

「了解」

麗音が警察車両を発進させた。

右京は、今朝訪れていた商店街の外れで、亘から電話で報告を受けていた。

「なるほど。裏金を違法に。だとすれば、小峰さんが通報しない理由もわかりますねえ」

――大槻は小峰が公にできない金を隠し持ってることを知って、この誘拐計画を立てた。

「問題は、大槻健太がどうやってその事実を知ることになったのか」

――ですね。あっ、さっき伊丹さんたちから連絡があって、大槻が動き出したそうです。どうします？

「そちらは優秀なお三方にお任せしましょう」

――了解。じゃあ僕は右京さんに合流します。

「では冠城くん、のちほど」

電話を切った右京は、ふと視線に気が付いた。「売地」の看板が立つ空き地の前に胡散臭そうに右京を見ている老婦人が立っている。右京から挨拶した。

「こんにちは」

老婦人は海老名兼子という名で、今朝、ここで安村に話しかけていた主婦だった。

「あんた、不動産屋？」

「いいえ。安村剛さんの古い友人でして」

「まあ、剛くんの」

「ええ。久しくお会いしてないんですがね」

右京の嘘に気づくこともなく、兼子が告げた。

「今朝、ここへ来てたのよ。声掛けたらね、逃げちゃったけど」

「あら、そうですか。ここはたしか……」

空き地を指す右京に、兼子が言った。

「〈安村屋〉さんがあった場所」

「どうしてお店をやめることに？」

「あの子は商売人としちゃからっきし駄目でさ。お愛想ひとつ言えなかったんだから。先代が亡くなってから借金がかさんで、半年ぐらい前だったかねえ、夜逃げするみたいに出ていっちゃったの。でも腕はたしかだったんだよ。大福なんて先代よりおいしかったもん。剛くんねえ、子供の頃からちょっととろくさいところがあったのよ。近所の悪ガキがトロってあだ名つけて、まあよくいじめてたのよ。去年、そいつに泣きつかれて借金肩代わりしてやって、それが駄目押しになったの」

噂話好きの兼子に、右京が相槌を打つ。

「他人の借金を肩代わり？」

「そうよ。まあ人がいいっていうか、バカっていうか」

「そのいじめっ子の名前、わかりますか？」

「ケンちゃんっていってね、乾物屋のせがれ。まあ、そこもとうに店畳んだけど」

「ケンちゃん……」右京が記憶を探る振りをした。「ひょっとして大槻健太さん？」

「そうよ！　あんた、ケンちゃんのことも知ってんの？」

「ええ。彼、いま、なにをやってます？」

「さあ……。あの子は剛くんと違って出来はよかったから。たしか塾の先生かなんかやってるって聞いたけど」

「塾の先生……ですか」

右京の眼鏡の奥の瞳がキラリと輝いた。

麗音の視線の先に、大槻健太の姿があった。大槻はしきりに成久駅西口のコインロッカーに目をやっていた。その向こうには、新聞を読む振りをしながら大槻を見張る伊丹の姿もあった。

「いよいよ身代金の受け渡しですかね？」

麗音に話しかけられ、ベンチに並んで座る芹沢は深呼吸をした。

「落ち着け。俺たちはカップルっていう設定だからな。ニコニコして、ニコニコ」

「すみません」

カップルにしては、麗音の笑顔はひきつっていた。

「はあ。同僚でいいか」

芹沢が緊張をほぐすように言った。

その頃、小峰家では、裕司が電話で指示された通り、現金をキャリーバッグに詰めて、家を出るところだった。緊張して車に乗り込む裕司を、凛子が心配そうに見つめていた。

同じ頃、青木は古アパートの前でローストビーフを食べながら、安村の部屋を見張っていた。

「優秀な頭脳、全然必要ないんですけど。放置プレーかよ、杉下右京め！」

亘は右京と合流し、大槻が勤めていた学習塾を訪問していた。対応したのは事務長の朝倉（あさくら）という男だった。

「たしかに大槻先生はこちらで講師を。でも、一年ほど前に辞めていただきました」

「辞めていただいた？」亘が訊き返す。

朝倉が声を潜めた。

「彼にはギャンブル癖があったみたいで、闇金に相当借金をしていたらしいんです。その返済のために、他の先生方や一部の保護者から金を借りていることが明らかになって、それで……」

「保護者にまで借金を？」

「彼は調子がいいというか、人に媚びて心をつかむのがうまくて。子供たちに人気がありました。保護者にも上手に取り入って」

右京が朝倉に質問した。

「ところで、こちらに小峰翔太くんという生徒さんは在籍していませんか？」

「ああ、小峰くん。昨日も来ていましたよ」

「大槻先生とは面識が？」

亘が訊くと、朝倉はうなずいた。

「ええ、仲がよかったようです。講師と生徒が教室外で会うことは禁止しているんですが、ときどき、一緒に遊んでいたらしいです。小峰くんの家はお金持ちで、大槻先生はそういう家の子を特に可愛がって、その辺りも問題になりまして」

「……繋がりましたね」

亘が耳打ちすると、右京は「ええ」とうなずいた。

四

小峰裕司は十六時ちょうどに成久駅西口にキャリーバッグを引いて現れた。そして、指示された通り、コインロッカーにキャリーバッグを入れ、鍵をロッカーの上に置いて、足早に立ち去った。

その直後、大槻健太がコインロッカーの前に現れた。コインロッカーの上部から鍵を取り、ロッカーを開けて、キャリーバッグを取り出す。バッグを開いて、現金がぎっしり詰まっていることを確認したとき、背後から声をかけられた。

「大槻健太。なんだ、その金は？」

ぎょっとして振り返った大槻の前に、怖い顔で睨(にら)みつける伊丹がいた。芹沢と麗音の姿もあった。

「俺、なにも知らない。ほ……本当だ」

とっさにしらを切る大槻に芹沢が近づく。

「はいはい。言い訳は結構」

「署のほうでゆっくり話を聞かせてもらおうか」

伊丹のことばを聞いた大槻が逃げ出そうとしたとき、その手が芹沢の顔に当たった。

「痛っ！　痛い痛い痛い！」

芹沢が大げさに頬を押さえた。伊丹が大槻の身柄を拘束して宣告した。

「十六時三分、公務執行妨害で逮捕。おい行くぞ！　ほら！」

「ご苦労さまです」

学習塾を出たところで、亘が電話を切った。

「大槻健太を逮捕したそうです。身代金も無事確保したと」

報告を聞いて、右京が歩きはじめた。

「そうですか。では行きましょうか」

古アパートの安村の部屋では、翔太がスマホのゲームの手を休めて、安村に話しかけた。

「そろそろ身代金、手に入る頃だね」

安村は悲しげに翔太を見つめた。

「なんでこんなことをやろうと思ったの？」

「父さんが裏金隠してるのを健太先生に話したら、この計画持ちかけられてさ。ゲームみたいで面白いからさ」

「ゲーム……」

「父さんケチで、僕にお金残すつもりないんだ。自分の力で稼げるようになれって言うんだよ。だったら稼いでみようかなって。父さん騙して身代金もらっちゃえば、このゲームは僕の勝ち」

無邪気に語る翔太に、安村は絶句するしかなかった。

その頃、古アパートの近くに、亘の車が停まった。車から降りながら、亘が右京に言った。

「しかし、自分の息子が誘拐犯と結託してたなんて知ったら、親はどう思うんでしょうね」

「因果応報でしょう」

亘が張り込みを続ける青木を見つけた。

「あれ？　こんなとこでなにやってんの？」

「杉下さんに、どうしてもと頼まれたんだよ、冠城亘」

「ご苦労さま。人の出入りはありましたか？」

右京が訊くと、青木は語気も荒く報告した。

「まったくありません。ゼロです！」

「そうですか。もう帰ってもらって構いませんよ」

「じゃあ」

アパートへ向かう右京と亘の背中に、青木が毒づいた。

「それだけかよ！」

安村の部屋では、翔太が立ち上がり、胡坐(あぐら)を組む安村の顔をのぞき込んでいた。

「おじさんさ、お金もらえるって思ってる？」

「……そういう約束だから」

翔太が愉快そうに笑った。

「バカだね。健太先生、おじさんにあげるつもりなんてないよ。うまいこと言いくるめられて終わり。おじさんさ、健太先生にお金貸したんでしょ？　で、返ってこなかったからお店売っちゃったんでしょ？　騙されたんだよ。最初から踏み倒すつもりだったたって言ってたよ。まあ、おじさん、トロそうだもんね」

翔太のことばに感情の高ぶりを覚えた安村は拳(こぶし)を握りしめて立ち上がった。そして後じさりする翔太をじりじり追いつめる。

「なんだよ？　来るなよ」

翔太が不安そうな目になると、安村が怒鳴りつけた。

「俺はトロくなんかない。トロじゃない！」

そのとき、ドアが開き、右京と亘が現れた。亘が警察手帳を掲げた。

「大槻健太が逮捕された。残念だったね、翔太くん」

「あ〜あ、ゲームオーバーか」

反省の色が見えない少年を、右京が叱り飛ばした。

「これはゲームなんかじゃありません！　大人をバカにするのもいい加減にしなさい！」

「警察で詳しい事情を聞かせてもらうよ」

さすがに顔色の変わった翔太を、亘が車へ連れていった。安村が右京の顔を見つめた。

「……刑事さんだったんですね」

「ええ。昨夜からあなたを見張っていました。あなたを助けてほしいとお友達に頼まれましてね」

「友達？」

心当たりのなさそうな安村に、右京が告げた。

「影山将くんです」

右京と亘が将から話を聞いたとき、将はこう訴えたのだった。

「だったら僕のことより、友達が悪い奴に……。友達を助けてください！」

「友達？」右京が訊いた。「その友達の名前を教えてもらえますか？」

「安村剛」

「クラスメイトかな？」

亘の質問への答えは意外なものだった。

「剛くんはおじさんです」

「おじさん？」

「三カ月前に会って、友達になりました。でも剛くんお金ないから、悪い奴に誘われて……。誘拐の相談してるところ、聞いちゃって……」

その夜、警視庁の会議室で亘が翔太と一緒に待っていると、警察官に案内された裕司と凛子がやってきた。

「翔太！」

「翔ちゃん！　よかった。無事でよかった」

母親から涙顔で抱きしめられ、翔太はバツが悪そうだった。凛子が亘に頭を下げた。

「ありがとうございます。本当にありがとうございます」

「すみませんでした、刑事さん」裕司も頭を下げた。「犯人に脅されていて、しょうがなく嘘を。犯人は捕まったんですか？」

「ええ。その話はおいおい」

「身代金は？」

心配そうに訊く裕司に、亘が冷たく言った。

「先に、その金について、話を聞かせてもらえますか？」

その頃、安村は取調室で机越しに右京と向き合っていた。

「店を手放すと僕にはなんにも残ってなくて。和菓子を作るしか能がありませんから。いっそ死んだほうがと……」

飛び降りようと跨線橋から線路を見下ろしているとき、安村は将と出会ったのだった。将も真剣なまなざしで線路を見下ろしていた。安村は近くの公園に将を誘い、ブランコの座板に腰かけて、将の話を聞いた。

「そっか。君に比べたら僕の悩みなんて全然大したことない。死んだらいけないね。つらいときはうちにおいで。まあ話し相手ぐらいしかできないけど。頼りなくてごめん！」

安村が頭を下げると、将は首を振った。

「ううん。いままで誰にも話せなかったんだ。おじさんが初めて」

「おじさんって呼ばれるのはなあ……」

「じゃあなんて呼べばいい？」

「剛くんでいいよ」

「それじゃあ友達みたいだよ」

「いいじゃん。将くんと僕は今日から友達だ」

　安村が右手を差し出すと、将はおずおずとその手を握り返したのだった。

　友達となったふたりは、それからしばしば会うようになった。ある日、公園で待ち合わせをしていると、将が左足を引きずりながら現れた。安村は気づかぬ振りをした。ふたりしてアパートへ向かう途中、ゴミ捨て場に人生ゲームが一式、捨てられているのを見つけた。懐かしくなった安村は、それを拾い上げ、アパートの部屋でふたりで遊んだ。初めて人生ゲームをやった将は、とまどいがちにルーレットを回していたが、しばらくするうちに慣れてきた。そして、何回目かの順番のとき、将の駒はとあるマスで停まった。安村がマスに書かれている文章を読み上げた。

「階段をすべり落ちて入院し、一回休み。残念でした！」ひとしきり笑った安村は、将が暗い表情でうつむいているのに気づいた。「ごめん。その足、またお父さんにやられたんだろ？」

「階段から突き落とされて……。でも大したことないよ。大丈夫」

　気丈に振る舞う将に、安村はこう言うしかなかった。

「僕がやっつけてやればいいんだけど、からっきし弱いからな」

情けなく笑うばかりの安村に、将が言った。

「大丈夫だよ。一緒にいてくれるだけで」

話を聞いた右京が、安村の気持ちを酌んだ。

「あなた方は本当に年の離れた友人だったんですねえ。ところが、大槻健太があなたのもとに現れ、あなたは将くんとの友人関係を終わりにしようとした」

「将くんはまだ子供です。犯罪者と一緒にいたら……」


大槻が部屋を訪ねてきた日のことが、安村の脳裏に鮮明に蘇った。

「誘拐⁉」

驚きのあまり訊き返す安村を説得するかのような口調で、大槻は主張した。

「だから、偽装誘拐だって。そもそもが表に出せない金なんだから、誰の懐も痛まない」

「でも、犯罪だよね？」

安村は二の足を踏んだが、大槻は強引だった。

「当の息子が噛んでるんだぞ。気にすることなんてなにもないんだよ。お前に頼みたいのは、翔太ってガキをひと晩預かることだけ。ここは他に誰も住んでないし、ちょうどいいだろう。なあトロ、俺たち親友だろ？」

一方的に決めつけて大槻が帰った直後、将が玄関ドアを開けて入ってきたのだった。どうやらドア越しにふたりの会話を立ち聞きしたようだった。

将は懸命に訴えた。

「剛くん駄目だよ。悪い奴でしょ？　さっきの奴」

「聞いてたのか」

「駄目だよ。あんな奴の言うこと聞いちゃ」

そのとき安村は、将を巻き込まないために決断した。

「将くん、もう会うの、やめよう。いつまでも俺なんかといちゃ駄目だ。出ていってくれ」

「あいつの言うこと、聞くつもりなの？」

「大人には大人の事情があるんだよ！　さあ、出ていって！」

玄関から追い出すと、ドア越しに将が訊いてきた。

「剛くん！　これで終わり？」

「ああ。元気でな」

安村が声を絞り出すと、将は「剛くんも……さようなら」と言い残して去っていった。

そのときのことを思い出し、安村はうなだれた。

「バカでした……本当に」

「将くんはとても悲しかったそうですよ。あなたとの友情が心の支えだったそうですから」

右京はそう言うと、安村が捨てたはずの人生ゲームのボードを取り出して、机に広げた。

「どうして？」

「これはあなたの手作りですね？　悪い出来事のマスが、すべていい出来事に書き換えられています。あなたは将くんのために、こんなことまでしてあげていたんですね」

人生ゲームのマスには、ところどころに、「鉄棒で逆上がりができた。五千ドルもらう」や「マラソン大会優勝。二万ドルもらう」「テストでいい点数とった。一万ドルもらう」など、安村が手書きした紙片が貼られていた。

安村が複雑な思いでボードを眺めていると、ドアがノックされ、亘が入ってきた。亘が右京に何事か耳打ちすると、右京は「わかりました」と言って、立ち上がった。

「安村さん、一からやり直しましょう。あなたの作った大福、食べたい人が大勢いると思いますよ」

右京と亘が立ち去ると、入れ替わりに将が入ってきて、安村に抱きついた。

「剛くん……」

安村はただ謝るしかなかった。

「ごめん、ごめん……」


取調室の外には角田がいた。将をここまで連れてきたのだった。

「どうしても会わせてくれって泣きつかれてさ」

「これは、かなりのルール違反ですねえ」

真面目な顔の右京に、角田が言い返す。

「お前に言われたくねえわ。いつもルール破ってばっかいるくせに」

「まあたしかに」

亘が苦笑した。

安村が手書きした人生ゲームの「親友ができた。百万ドルもらう」というマスが、取調室の照明のもとで、そこだけ輝いて見えた。

第十六話

「右京の眼鏡」

一

本人は張り込みと主張しているが、青木年男はのぞきが趣味だった。事実、それが原因で、警視庁サイバーセキュリティ対策本部の特別捜査官になる前の公務員時代、特命係の杉下右京や冠城亘から目をつけられたことがある。

その夜も、自宅マンションの一室から双眼鏡で向かいのマンションをのぞいていると、一台の車が駐車場に停まった。それだけならばどうということもないが、問題はその後だった。車から降りてきたのは、眼鏡とマスクで顔を隠した男女で、男のほうはキャップを深々とかぶり、女のほうはスカーフで顔を隠していた。その男女は後部座席からもうひとりの人物を降ろし、車椅子に座らせた。車椅子の人物は頭からヴェールのような布をかぶせられ、性別も年齢もわからなかった。男女は車椅子を押し、マンションの中へ入っていった。しばらくして、向かいの一室の明かりが灯った。

三日後の朝、特命係の小部屋で青木が右京に張り込みの結果を伝えた。右京はメタルフレームの眼鏡(めがね)を外してためつすがめつしながら聞くともなしに聞いていたが、青木の使ったことばに思わず反応してしまった。

「そう。向かいの部屋で。この三日間じっくり観察したんで間違いありません。空き部屋に急に引っ越してきたかと思ったら、連れ込まれたきり姿を見せないのがひとりいるし、昼間からカーテン閉めっぱなしだし、あれは絶対そうです」

「監禁？」

「またのぞき見してんの、お前」

亘が呆れると、特命係の小部屋に油を売りに来ていた組織犯罪対策五課長の角田六郎が過去の事件を引き合いに出した。

「昔住んでたとこでも、向かいの部屋のぞき見してて、殺人事件に巻き込まれたよな。お前、それで痛い目、見たろ？」

「まったく変わってないね、本当に、お前は」

亘からも非難された青木は、右京に助けを求めた。

「僕は一警察官として、事件を未然に防ごうとしてるだけだ！　ねえ、杉下さん」

右京は相変わらず、眼鏡にご執心だった。

「君、興味本位ののぞき見だとすれば、犯罪ですよ」

「ああ、そうですか。わかりましたよ。じゃあ、監禁だっていう決定的な証拠を持ってきてやる。見てろ！」

青木が憤然と出ていくと、右京がぽつんとつぶやいた。

「ああ、困ったものですねえ」

「そんな他人事みたいに」

揶揄する角田に、右京が眼鏡をいじりながら言った。

「いえ、今朝、誤って落としてしまいましてね。少々具合が悪いんですよ」

亘が右京の前に立って笑った。

「眼鏡の話ですか」

「そろそろ予備に新しい眼鏡を作ろうと思っているのですが、最近はオーダーメイドしてくれる店が減ってしまいましたからねえ。いまでは〈田崎眼鏡〉さんぐらいでしょうか」

「〈田崎眼鏡〉っていうと……」

亘のことばを、右京が引き取った。

「ええ。目下、大変なことになっていますねえ」

その頃、捜査一課のフロアでは、まさに〈田崎眼鏡〉が話題になっていた。

「田崎明良はまだ見つからんのか！」参事官の中園照生がフロアにやってきて、捜査員たちに活を入れていたのである。「事件からもう五日だぞ。なにやってる！」

「すみません」伊丹憲一が頭を下げてから、ホワイトボードの前に立った。「ですが、経緯はわかってきました。三カ月前、社長の恭子（きょうこ）さんが心臓発作で倒れた。恭子さんには三人の子供がいますが、意識不明の重体で後継ぎを決めることもできない」

芹沢慶二が続けた。

「とりあえず、専務の三澤渚（みさわなぎさ）さんが社長代行となって、経営を仕切っていたそうです。それに長男の明良が強く反発し、衝動的に三澤さんを殺害し、現在も逃走中」

報告を聞いた中園が、捜査員たちに命じた。

「なら明良の交友関係を洗って、さっさと捜し出せ！」

翌日、青木は休みを取った。向かいのマンションの怪しいと睨（にら）んだ部屋を双眼鏡でのぞいていると、チャイムが鳴った。ドアスコープをのぞくと、右京と亘が立っていた。

青木はため息をついて、ドアを開けた。

「なんですか？　いまさら……」

青木が言い終える前に、亘が素早く靴を脱いで、勝手に部屋に上がった。そして、奥の部屋へ行き、双眼鏡を見つけた。

「あっ！　やっぱりなあ。休み取ったっていうから来てみたら、どうせこんなことだろうと」

「だからこれは、のぞきじゃなくて、張り込みだ！」

「口が減らないねえ」

右京も遅れて部屋に上がった。

「今回は君の言い分もわからないではありません。不動産会社に話を聞いたところ、借り主は即決即金で妙に入居を急いでいたとか。なにやら、いわくありげですね」

右京のことばで、青木が勢いづく。

「ほら見ろ。土下座して謝れ、冠城亘」

「まあまあまあ、そうムキになるなってね」

「バカにしてごめんなさい、だろ！」

青木と亘が言い争いをしている間に、右京は双眼鏡をのぞいていた。

「おや？　お出かけのようですねえ」

ちょうど例の部屋から顔を隠した男女が出てくるところだった。

右京と亘はさっそく男女を尾行することにした。青木もふたりについてきた。

男女はやがて書店に入り、雑誌コーナーでいくつかの週刊誌を立ち読みした。そして、そのうちの数冊を持ってレジへ向かった。

近くで見張っていた亘が言った。

「ずいぶん入念にチェックしてましたね」

右京は男女が棚に戻した雑誌を取り上げ、表紙の見出しに目を走らせた。

「おや、冠城くん」

右京が「田崎眼鏡、お家騒動のすえの殺人か？」という見出しを示した。

「なぜこちらの雑誌は買わなかったのでしょうねえ？」

「もしかしてあのふたりは事件に関係しているとか……」

亘のことばに、青木が反応した。

「わかった！　あの部屋で匿っているのが、そのお家騒動の殺人犯、田崎明良なんだ！」

「だとしたら、普通はどこまで捜査が進んでるのか、逆に情報を知りたくなるんじゃない？」

三人がいろいろ話している間に男女は会計を済ませ、書店の出口へ向かっていく。

「右京さん」

「行きますよ」

亘と青木が男女のあとを追おうとしたが、右京は書棚の前から動かなかった。

「いまの見ましたか？　あの女性が掛けていたのは松田正一郎です。彼女の眼鏡ですよ。名工と名高い松田正一郎氏が手掛けたモデルで、なかなかお目にかかれない逸品ですよ！」

「それで？」青木が右京の発言の意味を問う。

「あのふたりの正体がわかりました」

「えっ」亘と青木の声がそろった。

右京が週刊誌の〈田崎眼鏡〉のお家騒動のページを開いた。

「おそらくあのふたりは、ここに書かれている弟妹（きょうだい）でしょう」

「てことは……」

亘が青木のことばを継いだ。

「本当にあの部屋で明良を？」

「で、次は？　なにします？　乗り込みます？」

やる気満々の青木に、右京が告げた。

「この先は僕と冠城くんで」

「はい？」

「その代わり、ひとつ調べてもらえますか」

右京が左手の人差し指を立てた。


右京と亘は、青木のマンションの向かいのマンションに行き、例の部屋のチャイムを鳴らした。

顔を出したのは眼鏡を掛けた男だった。

「はい？」

亘が警察手帳を掲げた。

「ちょっといいですか？　近所の方から、不審者ではないかという情報がありまして」

「俺たちは不審者なんかじゃ……」

ことば尻を濁す男に、右京が言った。

「ええ。田崎拓人(たくと)さんと由衣(ゆい)さんですね」

正体を見破られた拓人は、ふたりを部屋に入れた。

「どうぞ」

「失礼します」と礼をして、亘がリビングルームに入った。右京も続いた。

「なるほど。その部屋に匿ってらっしゃるんですね、恭子社長を。三カ月前、心臓発作で倒れたきり、お母さまの恭子社長は意識不明の重体でした。ところが先日、奇跡的に目を覚まされましたよね？」

「なんでそれを？」

由衣が不安そうに訊(き)くと、亘が答えた。

「勝手ながら、調べさせていただきました」

「今回の事件の情報が耳に入らないようにするために、あなた方は恭子さんを匿ってるんですね？　退院して自宅に戻れば、取材に来る記者や近所の噂から、明良さんが殺人事件を起こしたことが恭子さんの耳に入ってしまう。雑誌ひとつ買うにも細心の注意を払って、あなた方は事件のことを隠してきた」

由衣が右京の推理を認めた。

「そうです。母には静かに過ごしてもらいたいんです。兄が人を殺したなんて、とても言えません」

拓人が言い添えた。

「それも渚さんをね」

亘は拓人の話しぶりが気になった。

「三澤専務のことですか？　ずいぶん親しげなんですね」

「昔から店に勤めていて、母からの信頼が厚い人なんです。わたしたちも小さい頃からよく知っていました」

由衣のことばに、拓人がかぶりを振った。

「そんな人を殺すなんて。あの光景、いまだに信じられない」

「犯行を目撃したのですか？」

拓人が右京の質問に答えた。

「ええ。夜、出張先から戻ったら、渚さんが頭から血を流して倒れていて……。兄貴が血まみれの手で金庫を漁(あさ)っていたんです。兄貴はうちの面汚しだ。さっさと捕まえてください！」

感情が高ぶったのか、拓人の声が大きくなった。奥の寝室から恭子の声がした。

「どなたかしら？」

「なんでもないよ」

拓人が答える横で、右京が言った。

「近所の杉下と申します。ご挨拶にうかがいました」

「どうぞ」

恭子の許可を得て、右京が寝室のドアを開けた。

「失礼します。突然すみません」

「おかげん、いかがですか？」

体調を気遣いながら亘が後に続くと、拓人と由衣も入ってきた。

「ええ。今日はいいようです」

「実は僕、以前から〈田崎眼鏡〉さんのファンでして……」

気持ちのこもった右京のことばに、恭子が破顔した。

「まあ！　それはどうも」

「不躾(ぶしつけ)なお願いで恐縮ですが、できたら松田正一郎氏にオーダーメイドを頼めないかと」

「まあ！　それは松田も喜びますわ。いまはなかなかオーダーメイドする人、少ないですから。由衣」

　恭子に呼ばれ、由衣が返事をした。

「はい、わたしから伝えておきます」

「ああ、感無量です」右京が手を打って喜ぶ。

「よかったですね。じゃあ、そろそろ……」

　拓人がふたりを追い出そうとするなか、右京はベッドサイドのテーブルに置かれたエアメールに目をやった。

「おや、いま、どなたか、ロンドンに？」

「長男です」恭子は穏やかな顔で答えた。「うちの眼鏡はイギリスのクラシックスタイルに倣ってますから、勉強しに行ったんでしょう」

　亘がすかさず話を合わせる。

「それじゃあ、すぐにお見舞いに戻って来られませんね」

「実は僕も以前、ロンドンにいまして。この眼鏡もそのときにオーダーメイドしたものなんです」

　右京が自分の眼鏡を示すと、恭子が興味を示した。

「あら、そうなんですか。ちょっと見せていただいても？」

右京が眼鏡を外して渡した。

「ああ、どうぞ。機能的でシンプルなデザインが非常に僕好みでして」

そのとき拓人のスマホの着信音が鳴った。

「ちょっと失礼します」

拓人が寝室から出ていくと、恭子が娘に命じた。

「由衣、お客さまにお茶をお出しして」

「えっ、でも……」

「眼鏡に造詣の深い方とお話するの楽しいわ。お願い」

由衣は特命係のふたりを早く追い払いたかったが、母親の命令には逆らえなかった。

「……はい」

由衣が出ていくと、恭子は眼鏡を右京に返し、エアメールを手に取った。

「嘘ですよ、明良がロンドンにいるなんて。ことば遣いが違います。きっとわたしに顔を見せられない理由があって、あの子たちが代筆したんでしょう。その理由をあなた方、ご存じね？　話合わせたでしょ？」

「いえ、決してそんな……」

亘は否定したが、恭子は騙(だま)されなかった。

「それじゃあ、本当はなにしにここへいらしたの？　その身なりからすると、弁護士さんね。いまのうちに後継者を誰にするつもりか、わたしの意見を聞いておこうと」

恭子の勘違いに、右京が乗った。

「まあ、そんなところです」

「わたしの心積もりは、倒れる前に家族会議で伝えてあります」

恭子はきっぱりと言った。

二

翌日、右京は亘と一緒に〈田崎眼鏡〉の店舗へ出向いた。高級眼鏡がずらりと並ぶなか、右京は丸みのある黒縁眼鏡を手に取り、試しに掛けてみた。

亘が率直な感想を述べた。

「右京さん、なんか昭和の映画スターみたいですよ」

「それは褒めているんですか？」

「もちろんですよ！」

「なぜかそうは聞こえませんでしたが」

そこへ田崎由衣とともに松田正一郎が現れた。松田は髪も髭も白くなったベテランの職人だった。

「お待たせしました。この形ならば流行に関係なく、長くお使いいただけると思いますよ」

松田の差し出したシンプルなデザインの眼鏡に、右京が目を輝かせた。

「松田さんのお見立てでしたら間違いありません。では、こちらでオーダーメイドを」

「承知いたしました」

亘が値札を見て、右京に耳打ちした。

「右京さん、普通に買っても十万円ですよ。オーダーメイドなんていくらするんですか?」

「冠城くん、値段の問題ではありません。眼鏡こそ、朝から晩まで一生付き合うものです。しかも松田さんに作っていただけるのですから」

松田が謙遜(けんそん)する。

「いやいやそんな……。では二階へどうぞ」

右京は二階で採寸をすることになった。右京の眼鏡を預かって、松田が言った。

「眼鏡はアイウエア、ファッションだというのもわかりますが、その前に医療器具ですから。お客さまに合わせて作らなければ、意味がありません。日々快適に過ごせることにこそ、価値があると思っております」

「同感です」と言いながら右京が3Dスキャナーの前に座ると、由衣がその前に立って右手をあげた。

「では、目線をこちらにお願いいたします」

「では、採寸します」

松田がスイッチを押し、スキャナーが起動した。亘が由衣に訊いた。

「由衣さんは松田さんのお弟子さん、なんですか?」

「ええ。わたしは経営のほうではなくて、技術を継ごうかと……」

採寸を終えた右京が言った。

「それは頼もしいですねえ。しかし、失礼ながら、お兄さん方に安心して経営を任せられるのですか?」

「え?」

「こんな事件も起きてるし、拓人さんは明良さんにいい感情、持ってなさそうだし」

亘に指摘され、由衣が内情を暴露した。

「兄たちは、経営方針で真っ向から対立していたんです。実はうちは年々売上が落ちていて……明良兄さんはメイド・イン・ジャパンの品質を重視して、海外に目を向けて高級路線を貫こうとしていました。でも、拓人兄さんは国内の需要を見据えてカジュアル路線に変更すべきだと」

「由衣さんはどちらの支持を?」右京が問う。

「明良兄さんです」

松田が口を挟んだ。

「由衣さんだけじゃありません。私たち職人も社員も皆、明良さんに期待したんです」

「でも、兄はああいう人だから、いい加減に大風呂敷広げて、結局、計画は頓挫(とんざ)したんです」

顔を曇らせる由衣に、右京が尋ねた。

「では、現在は拓人さんの目指す経営方針に？」

「いえ、母はいまの〈田崎眼鏡〉があるのは、技術と品質のおかげだと言って、カジュアル路線には反対でした」

捜査一課の刑事たちは、〈田崎眼鏡〉の店舗がある自社ビル二階のオフィスに行き、聞き込みをしていた。

「明良さんの交友関係について、他になにか知ってることは？」

伊丹の質問に、出雲麗音が重ねた。

「どんなことでも構いません」

しかし、訊かれた社員は首をひねった。

「この間話した以上のことはなにも……」

同じフロアにある採寸室から出てきた右京と亘は、そのようすを離れたところから見ていた。亘が言った。

「明良さんの行方、まだつかめてないようですね」

「そのようですねえ」

伊丹が特命係のふたりの姿を見つけた。

「警部殿！　わざわざなんのご用でしょうか？」

「昨日は勝手に、田崎恭子さんのとこまで行ったそうじゃないですか」

芹沢が詰って(なじ)も右京は飄々(ひょうひょう)としていた。

「筒抜けでしたか」

「当然です」と伊丹。「事情を聞いて、母親のために部屋を借りることを許したのは、我々なんですから」

「逆にどうやって、あの部屋を突き止めたんですか？」

興味津々の麗音に、亘が真相を明かした。

「それが、青木のマンションの部屋の向かいだったんです」

「マジで？」芹沢が声をあげた。

右京が捜査一課の三人に情報を提供した。

「おかげで面白い話が聞けました。恭子さんは倒れる前の家族会議で、次期社長は三澤渚さんにすると宣言したそうです」

恭子は家族会議で起きたことを特命係のふたりに伝えていた。

三澤渚の名前を告げると三人の子供は皆一様に驚き、反対したという。それでも恭子は譲らなかった。

「あなたたち、自分たちが後を継ぐのは当然だと思ってるでしょ？　でも、わたしが最も信頼しているのは彼女よ」

拓人が言い返した。

「いくら信頼してるって言ったって、赤の他人じゃないか」

「同族経営では立ち行かないわ。これからは、社長として一番ふさわしい人に任せる」

恭子は力強く宣言したのだった。

右京から話を聞いた麗音が言った。

「じゃあ専務の三澤さんは一時しのぎの社長代行ではなく……」

芹沢が麗音のことばを継ぐ。

「社長に就任する予定だったってことか」

「だからといって、明良の殺害動機に疑問が生じるわけではありませんよ」

伊丹のことばに、右京が疑問を呈した。

「果たして、そうでしょうか？」右京が「専務室」というプレートのついたドアを開けた。「ここが殺害現場ですね？」

「はい」麗音が観葉植物の鉢植えが並ぶ棚の前に進んだ。「ここにあった鉢植えで後頭部をガンッ！　カッとなって、衝動的に殺害したようです」

「なるほど」右京は麗音の持っていた捜査資料を勝手に開き、遺体の写真に目を留めた。「妙ですねえ。渚さんは頭を強く殴られて床に転倒。相当な衝撃だったはずですが、眼鏡は少しもずれることなく、ピタリと顔に収まったまま」

右京が指摘したとおり、渚の後頭部からはかなりの出血が認められ、周囲に植木鉢の破片が散らばっていたが、眼鏡はきちんと掛かっていた。

「つまり？」

伊丹が発言の意図を探ろうとしたが、右京は「さあ」とはぐらかした。

「なんですか、それ」

腰砕けになる伊丹を尻目に、右京は続けた。

「妙なことは他にもあります。明良さんは金庫の中の現金にはいっさい手を付けていません」

芹沢が常識的な見解を示す。

「途中で拓人さんに見られて、諦めたからでしょ」

「金庫を開けておきながらなにも盗らないで逃げるのは、不自然だと思いませんか？　つまり明良さんの目的は現金ではなく、別にあった」

結論の見えない右京のことばに、伊丹が焦れた。

「ああ、もう！　ごちゃごちゃごちゃごちゃと！　いったいなにが言いたいんですか？」

「この事件、本当に明良さんの犯行だったのでしょうか？　もし相続争いが絡んでいるのだとしたら、渚さんと明良さん、ふたりがいなくなって最も得をする人物は誰でしょう？」

「まさか、弟の拓人が？」

目を丸くする伊丹のことばを、芹沢が継いだ。

「三澤さんを殺して、明良に容疑をかぶせた？」

「言われてみれば、目撃者は拓人さんだけです」

麗音の指摘は一理あると認めつつ、伊丹はまだ納得していなかった。

「だが、犯人じゃないなら、明良はなんで逃げてるんだ？　おかしいだろう」

「あくまで可能性ですがね」

右京が曖昧な笑みを浮かべると、伊丹は「いったん戻るぞ」と、芹沢と麗音を引き連れて去っていった。

亘が三人の背中を見送った。

「人払い、できちゃいましたねえ」

「ええ」

ふたりは伊丹たちに邪魔されることなく、取締役である明良の部屋に入った。部屋の中には、ロードバイクにヘルメット、ワインとワイングラス、精巧な車の模型などが整然と並んでいた。

亘は部屋を見回して、感想を述べた。

「趣味の部屋って感じですね」

右京は明良のデスクの引き出しの中に図面を見つけ、広げた。

「工房の設計図のようですねえ」

亘も図面をのぞき込んだ。

「新しく建てる予定ですかね？」

右京と亘は〈田崎眼鏡〉のオフィスを後にすると、工房へ向かった。工房では松田と由衣の他、五名ほどの職人が忙しそうに手を動かしていた。

職人の作業をひととおり見学して、右京が言った。

「いろいろ細かい作業ですねえ」

「ええ」松田がうなずいた。「眼鏡の作りは単純に見えて、実は二百以上の工程からなり、どれも複雑で緻密です。ですから、大手メーカーは機械化してひとつの型から大量に作り、生産効率を上げる。まあ、単価は安くなりますが、その分、サイズも形も限られてしまうんです」

「なるほど」亘は感心しきりだった。

「では、こちらへ」松田がふたりを奥へいざなった。「こちらが私の作業台です。ああ、失礼」

　松田は作業台の上にあった弁当ガラと空になったお茶のペットボトルをかき集め、ゴミ箱へ放り込んだ。すでに弁当容器とペットボトルが入っていたゴミ箱は、それだけでいっぱいになってしまった。右京は棚に置かれた眼鏡に注目した。

「おや、これは素敵ですねえ」

「ええ、新作です」

「松田さんがデザインを？」

「ええ」

　松田の隣に控えていた由衣が言い添えた。

「新作はいままで渚さんがチェックしていました。こんなことになって、しばらくは世に出ないかもしれません……」

　右京が新作眼鏡に手を伸ばした。

「ちょっとよろしいですか？」

「どうぞ」松田は鷹揚に許可した。

右京は眼鏡を手に取り、じっくり眺めた。そしてフレームのフロント部分とテンプル（つる）を繋ぐ蝶番のネジに着目した。片方は頭がフラットでフレームにきっちり収まっていたが、もう片方は頭が円くなっておりフレームからわずかに飛び出していた。

「この左右のネジが違うのにはなにかわけが？」

「ああ、お恥ずかしい。実は製作途中でして、仮留めです」

亘が声をあげた。

「ネジまで作ってるんですか？」

「もちろんです。作る眼鏡に合わせて、すべての部品を一から作り出していきます」

「なるほど」右京が工房を見回す。「しかし、こんなに人手が少ないとは意外でした」

「ここはオーダーメイド専用の工房ですが、職人の数はだんだん減っています」

「ですが、新たに工房を造る計画があったようですね？」

右京のことばを、由衣が意外そうに受けた。

「え？」

「明良さんが構想してたようだけれど」

亘が水を向けると、由衣は笑った。

「ああ、兄ならきっと妄想ですよ。夢ばかり見てるんです。むしろ、工房を閉鎖するの間違いじゃないですか？」

「というと？」右京が興味を抱いた。

「先日、ここに土地建物の査定をしに不動産会社の人が来たんです」

松田が苦々しい表情になった。

「近々取り壊すようです。人員整理でもするつもりだったんでしょう」

「では社長代行の渚さんが？」

亘が訊くと、由衣は「そうとしか考えられません」と顔を伏せた。

拓人と由衣がいない間に、恭子は覚束(おぼつか)ない足取りで寝室を出て、なんとかリビングルームまで移動した。ダイニングテーブルの上に拓人のノートパソコンを見つけて開こうとしたが、パスワードがわからず断念するしかなかった。

その頃、拓人は『リーダーに聞く』というネットニュースでインタビューに答えていた。画面には「高級眼鏡から低価格のファッションアイテムへ」というテロップが浮かび、拓人は笑顔で話していた。

「この方法ですと、国内でのさらなる需要の掘り起こしが可能です。変化なき企業に未来はない、というのが私のモットーであり、経営を抜本的に見直そうと決意いたしました」

そのネットニュースに気づいた職人がいて、〈田崎眼鏡〉の工房では、松田と由衣、そして右京と亘がパソコンでライブ中継を見ていた。

自信満々に語る拓人を見て、松田が思わず漏らした。

「なんだ、これは……」

「俺が社長だって、言ってるようなもんですね」

亘の感想を聞いて、右京が言った。

「なるほど。拓人さんが、意識の戻った恭子さんをあの部屋に匿ったのは、これが理由かもしれませんねえ」

「えっ？」由衣が右京の顔を見た。

「恭子さんがこの計画を知ったら、きっと止められてしまうでしょうからね」

「失礼します！」

由衣は頭を下げると、急ぎ足で工房から出ていった。

拓人が〈田崎眼鏡〉のオフィスに戻ってくると、数人の社員が詰め寄ってきた。

「あのニュースは本当ですか？」

「拓人さんが社長に？」

拓人は社員たちを制して声を張った。

「聞いてください。社長が倒れ、三澤専務が亡くなり、兄に殺人の容疑がかけられたいま、会社を立て直していくには、この低価格路線しかありません。どうか私を信じてついてきてください」

そこへ由衣が飛び込んできた。

「ちょっとどういうつもり!?」

「由衣……」

拓人が興奮する妹を部屋の隅に連れていった。

「兄さん、この状況、喜んでるよね？　会社を自分の思いどおりにできて嬉しい？」

「どういう意味だよ」

「甲斐甲斐しくお母さんを看病してたのは、この計画を邪魔されないように、余計な口を出せないようにするためでしょ」

「そんなわけないだろ」

拓人は否定したが、由衣は聞く耳を持たなかった。

「わたし、お母さんを連れて出るから。もう兄さんに利用されたくない」

そう言い残すと、由衣はオフィスを出ていった。

右京と亘は、続いて三澤渚のマンションの部屋へやってきた。

「渚さんのマンションでなにを見つけようっていうんです？」

亘が訊くと、右京はこう答えた。

「ひとつ引っかかっていることがありましてね。三カ月前、恭子さんが倒れたのはこの部屋だったんですよ」

「すぐに救急車で搬送されて、一命を取り留めたんですよね。倒れたのが渚さんと一緒のときでよかったです」

右京が自分の疑念を口にした。

「ですが、話があるなら会社で済むはず。なぜわざわざここに来て、倒れることになってしまったのか？」

「たしかに……」

「しかも、救急車を呼んだのは明良さんだったようですよ」

「えっ？」

「気になりますねえ、三人でなにを話していたのか」

右京は部屋を見回し、キャビネットの上にワイングラスを見つけた。それは明良の部屋にあったものと同じグラスだった。

三

由衣は憤然とした足取りで、隠れ家のマンションへ帰ってきた。由衣が玄関のドアを開けようとしたところで、拓人が追いついた。

「由衣、話聞けよ！　ちょっと待てって！」

「もう放っておいて！」

由衣は兄を振り切って、部屋に入った。そして、寝室のドアを開けた。しかし、もぬけの殻だった。

その頃、恭子はどうにかマンションを脱け出し、近くの道をよろよろと歩いていた。疲れてベンチに腰かけた恭子の目が、ゴミ箱に捨てられたスポーツ新聞の見出しをとらえた。見出しには「経営方針転換か　新社長田崎拓人氏有力」と大きな文字が躍っていた。恭子が新聞を拾い上げ、目を通していると、由衣と拓人がやってきた。

「お母さん！」

「おとなしく寝てろよ！」

由衣が恭子にすがりつく。

「よかった無事で。心配したんだから！」

拓人は恭子の手から新聞を取り上げた。

「なに、見てんだよ」

恭子が息子と娘に向き合った。

「やっぱりなにかあるのね？　ロンドンなんて嘘でしょう。明良はどこにいるの？　ねえ、渚からいっさい連絡ないの、どうして？　なに、隠してるの？　言いなさい！」

そこへ三人の背後から右京と亘が現れた。拓人はふたりに気づいていなかった。

「手紙は嘘だ」

「兄さん……」

由衣の制止を振り切って、拓人が言った。

「これ以上はもう無理だろ！　兄貴はロンドンには行っていない」

恭子が拓人に詰め寄った。

「じゃあどこに？　どこにいるの？」

「人を殺して逃げ回ってる」

「えっ、誰？　誰を殺したの？」

「渚さんだよ」

それを聞いた恭子は胸を押さえ、その場にうずくまった。

「母さん！」

「お母さん！」

拓人と由衣が呼びかけても、恭子は返事をすることができなかった。右京と亘が駆け寄った。

「冠城くん、救急車を！」

「はい」

亘がスマホで通報した。


恭子が担ぎ込まれた救急病院の廊下で、右京が拓人と由衣を前に言った。

「これ以上隠しとおすのは無理だったと思います」

亘も上司の意見に賛成した。

「恭子さんはふたりの隠しごとに気づいてた。なにがあったのかわからず不安なままでいるより、真実を知るほうがよかったんじゃないかと」

由衣はしかし、まだ納得していなかった。

「息子が人を殺したと知って、苦しみながら最期を迎えることになってもですか？」

「母親というのは、そういうものだと思いますよ。恭子さんが目を覚ましたら伝えていただけますか。三カ月前に倒れたとき、渚さんの部屋でいったいなにがあったのか、教えていただきたいと」

右京のことばはベッドの上で目を覚ましたばかりの恭子の耳にも届いていた。

その夜、家庭料理〈こてまり〉で、亘が女将の小手鞠こと小出茉梨に、事件のことを打ち明けた。

カウンターの中の小手鞠は、少し考えてから言った。

「知るも知らぬも、どちらもつらいですね」

「女将さんなら優しい嘘をつきとおされたかったですか?」

「ああ、どうかしら?」

右京が静かに口を挟んだ。

「ひとつ嘘をつくと、それを隠すためにまた別の嘘をつくことになります。嘘をつく度に、相手との間に隙間ができて、やがて大きな溝となってしまう」

「わかります」小手鞠は右京の空いた猪口に燗酒を注いだ。「近い相手だと、逆に本音が言えなくて、泥沼の関係になっちゃうこと、ありますよね」

「まさしく、あの家族がそうなのかもしれませんねえ」

その頃、田崎明良は暗がりで電話をかけていた。

「ええ。大丈夫です。予定どおりに」

電話を切った明良は、床に雑誌が落ちているのに気づいた。めくると、「田崎眼鏡お家騒動か!」という見出しの文字が目に飛び込んできた。

翌日、恭子は病室に見舞いに来ていた息子に声をかけた。

「拓人、杉下さん、呼んで」

「え?」

「お母さん?」

由衣が目を瞠るなか、恭子は毅然と言った。

「倒れた日のこと、お話しします」

特命係の小部屋で右京と亘が事件のことに思いを馳せていると、青木がやってきた。

「おはようございます」

「おはようございます」右京が応えると、亘も倣った。

「おはよう」

青木が亘の前に立った。

「おはよう、じゃない。例の部屋、僕を外しておいて、まだ進展ないのか? 使えないな、冠城亘」

「朝から生意気に」

青木は右京の前に歩を進めた。

「杉下さん、なんなら今後、この僕が杉下さんの相棒になって差し上げてもいいですよ」

「君がですか？」

「僕のほうがはるかに優秀でしょ」

「では、優秀な君ならこれも調べられますよね？」

右京がスマホで撮影した写真を青木に見せた。そこには明良の部屋で見つけた設計図が写っていた。

「もちろんですよ。なにが知りたいんです？」

そのとき、特命係の固定電話が鳴った。亘が受話器を取る。

「はい。特命係」

電話は病院の拓人からだった。

特命係のふたりが病室を訪れたとき、恭子のベッドの周りには拓人と由衣の姿もあった。右京と亘をベッドサイドに呼んで、恭子が語った。

「あの日、渚に話があると、マンションに呼び出されました。そこには明良もいて、次期社長のこと、考え直してほしいって言われたんです」

拓人はその話を初めて聞いた。

「考え直す？」

由衣も初耳だった。

「えっ、なんで？」

恭子がため息をついた。

「明良と結婚したいからと……」

渚から話を聞いたとき、恭子は本気にしなかった。渚は恭子よりも七つ下の五十歳、明良は三十一歳。年齢差を考えても、恭子にすればありえない結婚だった。

「冗談でしょ？　明良、なに言ってるの？　本気なの？」

「そう言われるのはわかってた」

明良のことばを受けて、渚は言った。

「だからいままでとても言い出せなくて……」

「でも俺、一緒になりたいんだよ」

ふたりが真剣だということは態度でわかったが、恭子は認めたくなかった。

「なに言ってるのよ。バカバカしい。どうしてそうなるの？」

明良は母親を説得しようと声に力を込めた。

「海外進出をしようとしたとき、一番力になってくれた。ガキの頃から俺を知ってて、一番わかってくれてる人だよ」

「もうやめて！　聞きたくないって言ってるでしょ」

かぶりを振る恭子に、渚が頭を下げた。

「会社の体面上、結婚したら、仕事からは身を引こうと思ってます。だから次期社長の件は考え直して……」

「やめて！　やめてって言ってるでしょ！　ああっ！」

そのとき急に動悸が激しくなり、胸が締めつけられて、恭子はその場にうずくまったのだった。

恭子の打ち明け話を聞いた右京は、明良と渚の部屋に同じ形のワイングラスがあったことを思い出しながら、得心したようにうなずいた。

「なるほど。そういうことでしたか。それで発作を」

「……はい」

「冗談だろ？」

「親子ほど年が違うのよ?」

拓人と由衣が、最初に話を聞いたときの恭子と同じ反応をした。

右京はひとりで納得していた。

「しかし、これではっきりしました」

「……わたしのせいなんですね。わたしが倒れたのを見て、渚は結婚を諦めて会社に残ることにした。明良はそれを不満に思って……」

思い悩む恭子に、右京が別の見解を示した。

「いえ。もし愛情のもつれから起きたことであれば、わざわざ金庫を開ける必要はありません。おそらく明良さんは、渚さんがやり残したなにかを引き継ごうとしていたのではありませんかねえ」

そのときドアがノックされ、捜査一課の三人が入ってきた。

伊丹はまっすぐ拓人の前に進んだ。

「田崎拓人さん、ちょっとよろしいですか?」

田崎拓人は取調室で捜査一課の三人から取り調べを受けた。

芹沢が拓人に質問した。

「あの日、もともとは、出張先から戻る予定はなかったんですよね?」

「こっちで仕事があって戻ったんです」

「仕事って？」

「取材を受けるのに、資料をまとめたくて……」

麗音がスマホでネットニュースの記事を示した。

「これのことですか？」

口ごもる拓人に、伊丹が攻め込んだ。

「本当はあんた、自分の戦略を実現させたくて、三澤さんを殺し、明良さんに罪を着せようとしたんじゃないのか？」

「違う！」拓人は机を叩(たた)いて訴えた。「たしかに、兄貴と渚さんを出し抜いてやろうと思ったのは事実です。でも殺してなんていない！　むしろ、渚さんを殺した兄貴に警察に自首するよう説得したくらいなんです」

右京と亘が警視庁の廊下を歩いていると、前から青木がやってきた。右京が立ち止まった。

「ああ。ちょうど君に会いに行くところでした。頼んでおいた件、わかりましたか？」

「当然です。優秀ですから。逆に杉下さんにしては、珍しくミスりましたね」

「おやおや」

「生意気に」

亘の非難を聞き流し、青木が報告した。

「田崎明良のパソコンメールに、会社の身売りに関するものはひとつもありませんでした」

「身売り？」

亘が訊き返すと、右京が説明した。

「明良さんの持っていた新工房の設計図ですよ。あれほど綿密に作られているからには、ただの妄想でもないと思いましてね。考えられるとすれば、たとえば、商社などに身売りして、傘下に入ることで会社を大きくしようとしてたのではないかと」

「なるほど」

「そうですか。僕の凡ミスでしたか」

右京はその場でしばし思案した。

特命係のふたりは、その後、鑑識課に行った。デスクの上には専務室から押収された証拠品が並べられていた。亘が益子桑栄に訊いた。

「現場の遺留品はこれで全部ですか？」

「ああ」

右京がひとつひとつ、指を差して確認する。

「鉢植えの破片、土、洋服。その他、細かいところまで、すべてチェックしましょう」

「はい」

いきなり虫眼鏡で証拠品を検めだしたふたりを見て、益子が気にした。

「なにを捜そうってんだ？」

ふたりは益子の質問には答えず、念入りに遺留品を調べ上げた。そしてついに右京が、観葉植物の根の間から目当てのものを見つけた。

「冠城くん！」

「やはり、ありましたね！」

益子はなにが見つかったのか気になって仕方なかった。

「ん？　なにがあった？」

四

田崎明良は眼鏡工房の倉庫に身を隠していた。扉の開く音にびくっとした明良は、探るように声をかけた。

「松田さん？」

しかし、入ってきたのは、警察手帳を掲げた長身の見知らぬ男だった。

「田崎明良さんですね」

亘は明良を無事に保護した。

その頃、工房では右京が松田正一郎の仕事ぶりを感心しながら見ていた。松田の作業台の横のゴミ箱は今日も弁当ガラとペットボトルでいっぱいになっていた。

「これが僕の眼鏡になるわけですか」

「ええ」

「実に楽しみです。眼鏡というのは不思議ですねえ。これで顔の印象が決まると言っても過言ではありません」

「ええ」松田が同意した。「その人の個性を最もよく表すアイテムかと思います」

「この眼鏡は松田さんに見立てていただきましたが、僕の印象はどんなものだったのですか？」

右京に問いかけられ、松田は微笑(ほほえ)んだ。

「隙のない方かと」

「なるほど。昔からよく言われます」

「今度お作りになるときには、少し遊びを入れたほうがよろしいかと。ガラッと印象を変えて」

「心に留めておきます」右京は一礼し、左手の人差し指を立てた。「では僕からもひとつ、いまのあなたの印象をいいですか？」

「は？」

戸惑う松田に、右京がズバリと斬り込んだ。

「心の乱れを必死に隠そうとしている」

「……え？」

「僕が急に来たことを不安に思っているんですね。また、この壊れた眼鏡を手に取りはしないかと。あなたが捨てられずにいた、丹精込めて作ったこの眼鏡を」

右京が作業台のすぐそばの棚の上の眼鏡に視線を向けているのを見て、松田は否定した。

「壊れた？　それは新作ですが」

「新作のチェックは三澤渚さんの役目でしたね」

「ええ」

「事件の夜、あなたは渚さんに、新作の眼鏡を見せに行ったのではありませんか？」

「あの夜はここで作業をしておりました」

そう言い張る松田に、右京はコートの内ポケットから、証拠品袋を取り出した。透明なビニール袋の中には、頭のフラットな小さなネジが一本入っていた。右京が鑑識課の遺留品の中から見つけ出したものだった。

「ではなぜ、これが専務室に落ちていたのでしょう。ずっと気になっていたんですよ」

右京が再び棚の上の眼鏡に視線を向けた。「この左右で違うネジが。眼鏡に合わせて、細かい部品のひとつひとつまでも手作業で作っているのならば、このネジに合う眼鏡もひとつしかないはず」

右京は「失礼」と断って眼鏡を手に取ると、精密ドライバーで円い頭の出ているネジを外し、持参したフラットなネジに付け替えた。

「ぴったりですね。おそらくあの夜、渚さんはこの新作の眼鏡を試すために、自分の眼鏡をいったん外して掛け替えていたのでしょう。そのときに口論になってしまい、あなたは思わず、渚さんを鉢植えで殴ってしまった。渚さんとの口論は、〈田崎眼鏡〉の身売りが原因ですね？」

松田は口をつぐんだまま、あの夜の専務室でのできごとを思い出していた。

「やはりあなたが？」

松田が訊くと、渚は新作眼鏡の掛け心地を確かめながら、「ええ。そうです」と認めたのだった。

「工房を取り壊すつもりですか？　あなたは社長の志を継いで、うちの技術と品質を守ってくださるものとばかり思っていたのに！」

松田は訴えたが、渚はすでに心を決めていた。

「もはや現状維持では立ち行きません。いま一番に考えるべきことは、〈田崎眼鏡〉というブランドをいかにして守るかということです。ですから、うちの名前を残していただく方向で、ある企業に身売りの話を進めているんです」

「身売りなんて、冗談じゃない！　名前なんか残したってまるで意味がない！　ブランドの価値は名前に宿るんじゃない。技術に宿るんだ！」

声を荒らげて主張する松田に、渚は言った。

「松田さんは、なにか勘違いされてます」

「勘違いしてるのはあんたのほうだ！　その眼鏡だって、もう作れなくなるんだぞ！」

松田は責めた。すると、渚は「これ以上、あなたとは話したくありません。この話はまた日を改めて」と立ち去ろうとした。

頭に血がのぼった松田は、いつしか鉢植えを手に持っていた。そして、それを渚の後頭部目がけて振り下ろしていたのである。

正気に戻ったのは、渚が床に倒れているのを見たときだった。掛けていた新作眼鏡はネジがひとつ抜け落ち、テンプルが片方はずれてしまっていた。

右京の告発が続いていた。

「あなたは壊れてしまった眼鏡を拾い、もともと渚さんが掛けていた眼鏡を掛け直した。そのとき、ついいつもの習性が出てしまったんですね。眼鏡は少しもずれることなく、正しい位置に掛けられていました。そして、そこへ明良さんが現れた」

右京のことばに合わせるように、そこへ明良が現れた。

「松田さん……」

隣には亘の姿があった。

「先ほど、工房の倉庫にいるのを見つけました」

「どうしてそれを……」

不思議そうな顔の松田に種明かしをするように、右京がゴミ箱に目をやった。

「あなたの席のゴミ箱には、先日も今日も、ふたり分の弁当の容器やお茶のペットボトルが捨てられていました。匿ったのは、明良さんが疑われることになってしまったことへの罪滅ぼし。違いますか？」

渚を殺してしまった松田が呆然としていると、専務室のドアがノックされた。松田はとっさにカーテンの陰に隠れてようすをうかがった。

入ってきたのは明良だった。明良は床に横たわる渚を揺り動かし、死んでいるのに気づくと、なにか思い出したように金庫のほうへ向かった。そして、金庫の中にしまわれていた「秘密保持契約書」のファイルを手に取ったとき、今度は拓人が入ってきた。明良の手には、遺体を揺り動かしたときに血が付いており、拓人は兄が渚を殺したものと思い込んだ。警察に自首するよう説得する拓人を突き飛ばし、明良はファイルを持ったまま専務室から逃げていったのだった。

明良が告白した。

「どこでもいい、一週間隠れられれば。そう思って松田さんを頼ったんです。松田さんは俺を信じてくれたんだと思ったのに……」

松田が目を伏せた。

「すみません。身売りと聞いて、どうしても許せなくて……」

「なんでだよ！　松田さんにとってもいい話だろ？」

明良のことばの意味が、松田にはよくわからなかった。

「えっ？」

右京が説明した。

「工房の閉鎖は、あなたの思い違いだったんです。渚さんは、いまある工房と工場を取り壊して、新たに一体化した大きな工房を造る予定でした」

「なにをおっしゃってるのか……」

亘がファイルを掲げた。

「明良さんが金庫から持ち出したのは、商社と取り交わしたさまざまな契約書だったんです」

「契約には守秘義務があり、社員にもそのことを明かせませんでした」

右京が補足すると、亘がファイルを開いた。

「そして、最終合意書にサインするのが明日です」

「契約には、代表権を持つ者が出向かなければなりません。だから明良さんはその期日まで、必死に身を隠していたんですね？」

右京に訊かれ、明良は悔しそうに語った。

「渚さんは絵に描いた餅だった俺のプランを、現実的な形で商社とまとめてくれました。契約が締結されれば、空港に出店することや、ブランドショップとのコラボも決まってた。店舗も増えて、職人だって増やせたんだ！」

松田につかみかかろうとする明良を亘が止めた。松田はくずおれるように椅子に腰を下ろすと、うなだれた。

「そんな……。バカですね、私は。自分で〈田崎眼鏡〉の名前を汚してしまった。杉下さん。よくネジなんて細かいところまで見てましたねえ」

「あなたの作る眼鏡は道具ではなく芸術品。そう思っていましたから。残念でなりません」

右京のことばを聞き、松田は嗚咽を漏らした。

病室を訪れた右京に、田崎恭子はベッドに上体を起こして頭を下げた。

「お世話になりました」

「いいえ。僕はやるべきことをしたまでです」

「でも渚には、本当に申し訳ないことをしてしまいました」

唇を嚙みしめる恭子に、右京は言った。

「恭子さん、あなたが次期社長に渚さんを指名したのは、身をもって三人のお子さんたちに伝えたいことがあったからではありませんか？　会社を他人に譲ると言ったら、彼らがどんな反応を示し、どう意識が変わるのか。それを試してみたかった」

「力を合わせてもらいたかったんです。明良、拓人、由衣、それぞれ未熟で、考え方もバラバラですが、互いが互いにないものを持っている。ひとつになれば、きっといい会社になる。そう思ったんです」

「やはりそうでしたか」

「それを気づかせるには、あまりにも大きな代償でした……」

恭子はぐったりとベッドに倒れ込んだ。

数日後、特命係の小部屋には右京と亘の他に、角田と青木の姿があった。

右京が三人に手紙を見せた。

「今朝、由衣さんから届きました」

角田は手紙に同封された写真を手に取った。病室で恭子と三人の子供たちが一緒に笑顔で写っていた。

「おお！　いい写真だ」

「右京さんのおかげですね」

亘のことばに、青木が異議を唱えた。

「僕のおかげだろ？　そもそも、事件を特命に持ってきたのはこの僕……」

青木を遮るように、右京が新しい眼鏡を手に取った。

「あっ、それからこれ。松田さんの仕事を引き継いで、由衣さんが仕上げてくれました」

「聞いて！」

青木が話に割り込もうとしたが、右京は無視して続けた。

「もう一度、家族で会社のことをよく話し合ったそうです。こうして腕のいい職人さんも育っていますし、これからの〈田崎眼鏡〉が楽しみですね」

「よかったよかった。で、話戻りますけど……」

言いかける青木の出鼻を角田がくじく。

「結論としちゃ、向かいの部屋で事件なんか起きてなかったってことだな」

「二度とのぞき見すんなよ！」

亘に釘(くぎ)を刺されても、なお青木は言い張った。

「でも、僕のおかげでひとつの家族が救われたのは事実でしょ！」

「青木くん。君には本当に感謝しています」右京は青木に慇懃(いんぎん)に頭を下げ、亘に耳打ちした。「事件を解決したのは、僕たちですがね」

そして、いままでの眼鏡を外し、満足そうに新しい眼鏡を掛けた。

第十七話
「選ばれし者」

一

ある日の朝、都下の人気のない裏通りで、ひとりの男性の銃殺死体が見つかった。

捜査一課の伊丹憲一が現場に到着したときには、鑑識課の益子桑栄がすでに臨場していた。伊丹はひざまずいて遺体の衣服の左胸に残った焦げ痕をしげしげと眺めた。

「至近距離だな。正面から心臓を一発」

益子のことばどおり、生々しい弾痕に伊丹が眉を顰めた。

「暴力団絡みの抗争か……。拳銃は？」

「銃も薬莢も見つかってない」

伊丹よりも先に到着していた後輩の芹沢慶二が補足した。

「かばんも財布もスマホもなしです。まさか物盗りじゃないっすよね？」

「拳銃使って物盗りって、アメリカじゃあるまいし。しかし、身元不明ってのは厄介だな」

出雲麗音が先輩たちの背後から、遺体の顔をのぞき込んだ。

「笠松剛史……」

芹沢が振り返って、問う。

「知り合いか?」

「いえ、そういうのじゃなくて」麗音がスマホで検索した。「『魔銃録』の作者です」

「『魔銃録』って、あの小説か」

忌々しげに声をあげた伊丹に、麗音がスマホを差し出した。『魔銃録』のハードカバーを手に笑顔で写る著者の顔は、遺体の顔と一致していた。


特命係の小部屋では、杉下右京がモーニングティーを淹れながら、『魔銃録』の内容を説明していた。

「魔銃と呼ばれる拳銃を手にした者たちが、自らを選ばれし者として、世界を救うという使命のために戦いを挑むという物語です」

コーヒー党の冠城亘は自分でドリップしたコーヒーを楽しんでいた。

「たしか三カ月ぐらい前に、その小説をまねて代議士を襲った奴いましたよね」

「収賄容疑がありながら不起訴となった楠木正治代議士が、銃撃されました。幸い、命に別条はありませんでしたが」

楠木を襲ったのは原口雄彦という二十代の男だった。原口は『魔銃録』に感化され、自らを選ばれし者と思い込み、悪徳代議士を襲撃したのだった。原口の放った銃弾は楠木の左肩に命中したが、命を奪うには至らなかった。原口はその場でSPたちに取り押さえられたのだった。

亘が特命係の小部屋の横の、組織犯罪対策部のフロアを見渡した。

「今度はその作者が銃で殺された。だから……課長たちが出払ってるわけですね」

「そういうことです」

「右京さん、銃、嫌いでしたよね？」

「持てば得てして短絡的な行動に走りがちですし、結果、ろくなことになりません」

上司の見解に理解を示しつつも、亘はちょっとからかってみたくなった。

「年一回の射撃訓練、ちゃんとやってますか？」

「イギリスの警察官は拳銃を携帯していません」

「たしかホームズは、弾痕でアルファベット書けるぐらいの腕前でしたよね」

「よくご存じで」

そこへ、サイバーセキュリティ対策本部の特別捜査官、青木年男が『魔銃録』の単行本とノートパソコンを携えてやってきた。

「聞きました？　『魔銃録』の笠松剛史の事件」

「拳銃を使った短絡的な事件だろ？」

亘があっさりと受け流すと、青木が気を持たせるような口調で言った。

「おや。犯行に使われた銃があの魔銃かもしれないっていうのに、興味ないんですか？」

「どういうこと?」

青木がパソコンを開いて、キーを打った。

「三カ月前、代議士襲撃に使用されたのは、『魔銃録』に書かれていたのと同じ拳銃だった」

パソコンの画面に、シリンダーのついた年代物のリボルバーが映し出された。亘がその写真に目をやった。

「ずいぶん古い銃だね。西部劇に出てくるような……」

博覧強記の右京がすかさず解説した。

「コグバーン社製のデューク。興味本位で騒ぎ立てたネットでは、襲撃に使われたこの拳銃を小説をまねて魔銃と呼びました」

青木が右京に捜査情報をもたらした。

「科捜研の鑑定によれば、笠松剛史を殺害した銃弾とこの魔銃の線条痕が、見事に一致したそうです」

「この銃が今回の事件にも使用されたってこと?」

亘のことばを、右京が否定した。

「あり得ません。その銃はすでに警察に押収されています」

「じゃあ……どういうこと?」

「だから。魔銃なんだよ！」

　青木が吐き捨てるように言った。

　益子は鑑識課の部屋で、右京と亘に銃弾の線条痕について講釈していた。

「命中精度を上げるために銃身内に彫られたライフリングと呼ばれる溝は、銃ごとに違う。発射された銃弾に、ライフリングによって刻まれるのが線条痕だ」

　右京も線条痕についてはよく理解していた。

「で、今回使用された銃弾の線条痕と、三カ月前の襲撃事件に使用された拳銃のそれが一致した」

「科捜研はそう断言してる」

　益子の言う科捜研とは警視庁刑事部の付属機関、科学捜査研究所のことである。科捜研の研究員は鑑識課の捜査員と常に連絡を取り合っていた。

「妙ですねえ。指紋同様、同一の線条痕を持つ銃は存在しないはずですが……」

　右京のことばを受けて、亘が言った。

「つまり、科捜研の鑑定が間違ってるってことですか」

「それが科捜研の連中、絶対に間違いないってよ」

「押収された拳銃はいま、どこに？」

亘の質問に、益子が苦々しげに答えた。

「科警研に保管されてる」

「ああ……科学警察研究所」

「いま、その科警研で線条痕の再鑑定中だ」

「なるほど……」右京がつぶやいた。


名前はよく似ているが、科警研は科捜研とは違って、警察庁の付属機関だ。亘はそのことを気にしていた。

「俺らが直接行くのはどうかと思いますが」

しかし、右京はまったく気にしていなかった。

「なんの問題もないでしょう。言ってみれば、我々特命係は、警察庁長官官房付の直属機関ですから」

組織図上、特命係を管轄するのは警察庁長官官房付の甲斐峯秋(かいみねあき)だった。右京はそれを口実にして、相棒の亘とともに科警研を訪れていた。

入り口では警備員が来訪者のボディチェックや手荷物検査を念入りにおこなっていた。まるで空港の保安検査場のようだった。

「ずいぶん厳重ですね」

感心する亘に、右京が説明した。

「ここには犯罪で使われた銃器や爆薬などが、日本中から送られてきますからねえ」

検査を終えて建物の中に入ったふたりは、黒岩雄一（くろいわゆういち）が主任研究官を務める「法科学第二部機械研究室」へ向かった。

亘がドアをノックしようとすると、背後のドアが開き、女性研究員が出てきた。女性はふたりを見て、質問した。

「なにかご用ですか？　どちらさまでしょうか？」

亘が警察手帳を掲げた。

「警視庁特命係の冠城です」

「同じく杉下です」

「黒岩先生は鑑定中です」

右京が女性研究員のことばに食いついた。

「その鑑定というのは、昨晩発生した殺人事件現場で発見された弾丸の線条痕鑑定でしょうか？」

「そうですが……担当の方ですか？」

「ええ。そう考えていただいても」

亘がごまかしたとき、研究室のドアが開いて、険しい表情の男性研究員が出てきた。

女性が近寄って告げた。

「黒岩先生、警視庁の方です」

黒岩が射るような視線を右京と亘に向けた。

「警視庁の方がなにか？」

右京は動じることもなく、ストレートに訊いた。

「鑑定結果はいかがでしたか？　科捜研の出した結論では、今回の事件の銃弾と三カ月前の事件で使用された拳銃の線条痕が一致していますが、先生の鑑定でもやはり？」

口をつぐむ黒岩に、今度は亘が尋ねた。

「三カ月前に押収された拳銃は、いまこちらに保管されてるんですよね？」

「失礼ですが、その銃が持ち出された可能性は？」

右京が質問を重ねると、黒岩はようやく口を開いた。

「あり得ません。保管ロッカーの中に厳重に保管されていますので」

「確認させていただけますか？」

右京の申し出が認められ、黒岩は研究室に特命係のふたりを入れた。女性研究員も同席した。

保管ロッカーを開け、黒岩がガンケースを取り出した。ガンケースの中には傷だらけのデュークが納まっていた。

右京が目を近づけた。

「銃身に無数の傷。グリップには魔物の文様。たしかに『魔銃録』に書かれているとおりですねえ」

「これが、魔銃と呼ばれてる銃ですか……」

亘が銃に伸ばした右手を、女性研究員がとっさに払いのけた。

「勝手に触らないでください」

「あっ、すみません」

亘が右手を引っ込めると、黒岩は「では、よろしいですね」と、ガンケースを閉め、保管ロッカーに戻して施錠した。

「違う銃を使って、同じ線条痕を銃弾につける方法があったりするんですか？」

亘の質問は黒岩に一蹴（いっしゅう）された。

「ありません」

「その銃は持ち出されていない。そして線条痕の細工も不可能。だとすれば、あり得る可能性はふたつ」右京が左手の人差し指を立てた。「ひとつは同じ線条痕を持つ拳銃が別に存在する。そしてもうひとつは……鑑定ミス」

女性研究員が即座に否定した。

「あり得ません！　黒岩先生に限ってそんな……」

甲斐が女性研究員を遮った。「私は再鑑定するので失礼します」

黒岩が軽くお辞儀をし、電子顕微鏡室に入っていくのを見送って、亘が女性に訊いた。

「線条痕鑑定って、具体的にどんなことを？」

「電子顕微鏡での目視検査です。一〇〇〇分の一ミリ単位で分析測定する、とても繊細な作業です。黒岩先生はその日本一の権威です」

「そうでしたか」右京が納得した表情になった。「ところで……久保塚さんでしたね。あなたも黒岩さんと同じ研究室の？」

「いいえ。わたしは犯罪予防研究室の者です」

女性は久保塚雅美という名前だった。

「そうでしたか」

喫茶室に場を移して、雅美が特命係のふたりに仕事の説明をした。

「わたしたち犯罪予防研究室では、犯罪不安の調査や、犯罪の背景の研究などをおこなっています」

「黒岩さんとはずいぶん懇意のようにお見受けしましたが、部署は違いますよね？」

右京が質問すると、雅美は微笑んだ。

「黒岩先生は心理学にも造詣が深くていらっしゃいますので、いろいろと助言をいただいています」

「なるほど」亘がうなずいた。

「ご存じでしょうか？　令和元年の拳銃押収数は四百一丁。そのうち、暴力団関係は七十七丁でした」

亘が意外そうな顔になった。

「それ以外は？」

「はい、ごく普通の人たちです」

右京はその事実を知っていた。

「闇サイトでの売買や密輸入など、ひそかに日本に流通している銃器は十万丁以上と言う人もいますねえ」

「十万丁⁉」亘が声をあげた。

雅美が能弁に語る。

「日本は銃規制が厳しい国ですが、銃器所持はなくなりません。『魔銃録』という小説は、実際に銃器を手にしたいと思う人には強く刺さったようです。かなりの数が流通している日本で、銃器が犯罪に使用されるケースはまれです。それはなぜなのか？　わたしはそこを研究しています」

「なるほど」

右京がうなずいたとき、雅美のスマホにメールが着信した。雅美が文面を確認した。

「再鑑定が終わったようです」

三人は黒岩の研究室に戻り、再鑑定の結果を聞いた。楠木と笠松を撃ったふたつの銃弾の線条痕の一致率は九十八パーセントというのがその結果だった。

「線条痕が一致した」

困惑する亘に、黒岩が重々しく言った。

「ええ。今回、使用された銃弾の線条痕は、ここに保管されている銃と同一のものだと断定しました」

「そんなことが……」

雅美のことばを遮るように、黒岩が言った。

「鑑定結果に間違いはない。信じがたいが……事実は事実だよ」

「あり得ないものを除外して最後に残ったものが、どんなに信じがたくとも真実である。……ホームズのことばです。となると残る可能性はひとつ」

右京が右手の人差し指を立てると、黒岩がそのあとを続けた。

「同一の線条痕を持つ拳銃が、別に存在するということになります」

伊丹と芹沢は刑事部長室に呼ばれていた。

「犯人はまだ見つからないのか⁉」

苛立つ参事官の中園照生に、伊丹が報告した。

「原口雄彦による代議士銃撃事件以後、『魔銃録』の作家笠松剛史は、熱狂的なファンや強い反感を持ったアンチから、大量のメッセージを受け取っていたようです」

芹沢も続いた。

「現在、それらを送りつけた人物をしらみつぶしに当たっています」

刑事部長の内村完爾が伊丹と芹沢に命じた。

「なんせ銃撃による殺人事件だ。暴力団絡みの可能性も十分にある。組対と連携して、その線を徹底的に洗え」

「あの……よろしいんですか？」

顔色をうかがう中園を、内村が叱り飛ばした。

「当たり前だ！　市民の安全を脅かすような奴らに手心なんかいっさい無用！」

内村はかつて暴力団と裏で繋がっていたが、昨年起きた絵画贋作事件で現場に出向いた際に半グレ集団の若者から頭部を殴打され、危篤状態になった。内村はなんとか一命をとりとめたが、それ以来、人が変わったかのように正義に目覚め、暴力団を毛嫌いするようになったのである。

過去の内村をよく知る伊丹と芹沢は思わず顔を見合わせた。

「……はい」

二

翌朝、右京と亘が登庁すると、組織犯罪対策五課長の角田六郎が特命係の小部屋の隅に置かれたソファで居眠りをしていた。

右京は角田が愛用している取っ手の部分にパンダの乗ったマグカップにコーヒーメイカーからコーヒーを注ぎ、角田の鼻先に近づけた。

「おはようございます」

コーヒーの香りに気づいた角田が目を覚ました。

「あっ……すまんね」

亘は『魔銃録』に目を通していた。

「徹夜ですか。この作者の事件、まだ犯人も銃も見つかってないようですね」

右京からマグカップを受け取った角田は、うまそうにコーヒーをすすった。

「ああ。暇なお前らがうらやましいよ」

「そういえば課長も、その本に感化された原口雄彦の取り調べをしたんでしたねえ」

右京が角田に水を向けた。

「それがな、まあ、普通のお兄ちゃんで驚いたよ。少々自意識っていうの？ そういうのが高めだったな。『自分は魔銃に選ばれた責任を果たしただけです』とかなんとか言ってたよ」

　亘が『魔銃録』を掲げた。

「それ、小説のまんまですね」

「そんな兄ちゃんがいまや、ちょっとしたカリスマで、ファンレターとかすごいんだって？　なにがどうなってんだか、本当わからんね。コーヒー、ご馳走さん」

　ぼやきながら出ていく角田を見送って、亘が『魔銃録』の一節を読み上げた。

「『呪(のろ)われた力を持つ魔銃は限りなく増殖し、決して無くなることはない』……なにが呪いだよ。非科学的です」

　右京は論理的な思考をするタイプだったが、かといって超常現象を否定はしなかった。

「科学で解明できないからといって、存在しないとは言いきれませんがねえ。呪われた伝説を持つ品々は世界中にいくらでも存在します。たとえば、持ち主を破滅させるホープダイヤモンド。座ると死ぬと言われるバズビーズ・チェア。日本では徳川家に不幸をもたらした妖刀村正(むらまさ)……」

　亘が両手を上げて上司を制した。

「はい、わかりました。わかりましたから……」

「とはいえ、拳銃が増殖するはずはありません。科警研から持ち出すことも不可能」

「やはり同じ線条痕を持つ別の銃が存在するとしか……」

「ちなみに同じ指紋を持つ人がいる確率は、一兆分の一とも言われていますがねえ」

右京はそういうと、ハンガーから上着を取った。

「あれ？　どちらへ？」

「そもそも原口雄彦は、どうやって小説そっくりの拳銃を手に入れたのでしょうねえ」


数時間後、特命係のふたりは拘置所の面会室で原口雄彦と対面していた。

ふたりの疑問に答えるように、穏やかな口調で原口が言った。

「手に入れたんじゃなくて、向こうからやってきたんです。あの日、仕事から帰ったら、玄関の前に紙袋が置いてありました。中には一丁のリボルバーと数発の銃弾が入っていました。そのとき、わかったんです。僕は魔銃に選ばれた特別な人間なんだって……。あの魔銃はあのままの姿で僕の元に来た。偶然なんかじゃありません。必然だったんです」

迷いなく語る原口が、亘には理解できなかった。

「必然ね……」

「君はなぜ楠木代議士を襲おうと思ったのですか？」

右京が質問すると、原口は境のアクリル板すれすれまで身を乗り出した。

「あなたたち、警察や検察があの悪党を裁こうとしないからですよ。誰もできないなら、特別な力を持つ僕がやるしかない……。これは運命なんです」

面会を終えて、拘置所をあとにしながら右京が言った。

「原口がどうやってあの拳銃を手に入れたのかは、いまだ不明です。もし仮に彼の言っていたことが本当だとしたら……」

亘は原口の証言を信じていなかった。

「待ってください。拳銃が自分の意思でやってくるなんて、それこそあり得ません」

「そこです」右京は合理的な解釈を試みた。「では、誰の意思だったのか？『魔銃録』を読んで自分にも特別な力が欲しいと願った彼に、小説と同じ型の拳銃を渡すことができたのは、誰なのか」


右京と亘は『魔銃録』の出版社を訪れ、担当編集者の貴戸に面会した。

「『魔銃録』を書いたきっかけですか。たしか、去年の春頃でしたっけ、白バイの女性隊員が撃たれたじゃないですか」

貴戸の話に出てきたのは、出雲麗音の事件だった。亘は偶然に驚きながらも、冷静に答えた。

「ええ。大金に目がくらんだ短絡的な犯行でしたが」

「あれでピンときたっておっしゃってました。笠松さん、それまで新作の構想に結構悩んでたんですけど。夏くらいかな、急に新作を書き上げたって連絡があったんです」

右京が貴戸のことばにすばやく反応した。

「春に着想を得て、夏に完成。ずいぶんと早く書き上げられたんですねえ。かなり綿密な取材をされたようですが」

「資料や取材先なんかも全部、笠松さんが自分で探してくれて」

「笠松さんは以前から銃器にご興味が？」

「それが全然。笠松さん、繊細な若者を描くのは得意でしたけど、拳銃とか襲撃なんてハードな題材、書いたことなかったんで」

「そうですか……」

考え込む右京に代わって、亘が質問した。

「『魔銃録』を読んだ人たちから、かなり過激なファンレターが届いたそうですが、そういうのはこちらでチェックを？」

「普通はするんです。でも今回はメールなんかも含めて、完全ノーチェックで渡すようにって」

「なぜです？」

「バイアスのかかってない生のリアクションを聞いて、続編の参考にしたいっておっしゃってました。あの……やっぱり犯人は『魔銃録』を読んで……」

上目遣いで探りを入れる貴戸に、右京が曖昧な笑みで応じた。

「それはまだお知らせできる段階にありませんので。ところでそのファンレターや執筆の参考資料などは、いまどちらに？」

それらの資料は警視庁にあった。捜査一課が捜査のために押収していたのだ。その夜、出雲麗音が段ボール箱に資料を入れて、特命係の小部屋に運んできた。

「笠松剛史が『魔銃録』執筆の参考にした資料です。ファンレターやメールは捜査中なのでお見せできません」

右京が慇懃に礼を言った。

「どうもありがとう」

「難しい論文や資料ばっかりですよ。なにかの役に立つんですか？」

興味を示す麗音を、亘が軽くいなす。

「それをこれから調べるの」

「なにか見つけたら教えてください。失礼します」

出ていこうとする麗音を右京が呼び止めた。

「そうそう。代議士を襲撃した原口雄彦からのファンレターはありましたか？」

「ありました。熱狂的なやつが」

「原口の住所やメールアドレスは？」

亘の質問に、麗音は「書いてありましたけど……」と答え、部屋から出ていった。

麗音が去ったあと、ふたりは資料を分担して調べはじめた。しばらくして、とある論文を読んでいた右京が相棒に声をかけた。

「冠城くん」

亘が右京の隣に移動すると、右京が論文の一部を読み上げた。

「被験者ナンバー三四六、二十七歳男性、会社員。もし特別な力を手に入れたとしたら。国民をバカにしている政治家に正義の鉄槌（てっつい）を下す」

亘が資料をのぞき込んだ。

「名前は書いてませんけど、出身地、家族構成、学歴……。好きな作家は笠松剛史。間違いなくあいつですね」そして論文を受け取り、表紙を見た。「『犯罪に対する見解と実行基準』。享徳（きょうとく）大学文学部心理学科と科学警察研究所の共同研究ですか」

ざっと論文に目を通した右京が内容を要約した。

「ごく普通の人たちが犯罪についてどう考えるのか。どんな状況になれば罪を犯すのか。四百人以上の被験者に、匿名を条件にインタビューした論文のようですねえ」

「笠松はこの四百人の被験者のことを知った上で『魔銃録』を書いたわけですね」

亘が確認すると、右京はうなずいた。

「ええ。小説を読み、まさに自分のことだと感激した原口は、笠松さんにファンレターを送ったのでしょう」

「そして、力を求めていた原口に、『魔銃録』に出てきたのと同じ拳銃を渡した」

「小説を書いた当人なら可能でしょうね」

「なんのために笠松はそんなことを？」

　さすがの右京もこの亘の質問には答えられなかった。

「……わかりません。もっとわからないのは、その笠松剛史は誰に、なぜ、魔銃と同じ線条痕の拳銃で殺害されるに至ったのか、ということです」


　その夜、右京と亘は家庭料理〈こてまり〉のカウンター席にいた。女将（おかみ）の小手鞠こと小出茉梨が、笠松の事件を話題にした。

「ニュースで見ましたけど、拳銃を持った犯人、まだ見つかってないんですってねえ」

「ええ」右京が認めた。

「ネットでも大騒ぎ。呪われた魔銃だって」

「えっ⁉」さっそく亘がスマホでＳＮＳを検索した。そして「魔銃」に関する投稿が相次いでいるのを知った。「いったいどこから……」

　小手鞠が赤坂の芸者時代のことを振り返った。

「みんな好きですよね、そういうの。お座敷でも結構、そういう話題出ますよ」

「政財界には、験担(げんかつ)ぎを大事にされる方が多いそうですねえ」

右京が水を向けると、小手鞠は微笑んだ。

「ええ。占いとかジンクスをすごく大切にされてたりとか。でもわたしたちも普通にやってますよね。お札とか、盛り塩とか」

「そういえば、『呪(のろ)い』と『呪(まじな)い』は同じ漢字ですね」

右京の発言を、小手鞠が受け止めた。

「そうですね。あっ、そういえば、『〝呪い〟と〝祝い〟は漢字で書けばほぼ同じ』って、おっしゃってた大臣もいらっしゃいました」

「それ、まったく違いますよねえ」亘が白ワインの入ったグラスを掲げた。「『これは呪われたグラスです』って出されたら、まあそんな店、二度と行きませんけど、『これは幸運を呼ぶグラスです』って出されたら、『じゃ、もう一杯おかわりしよう』って思うのが人間ですよね」

「でも結局、どちらも気になっちゃう。人間ってそういうものですよね」

女将がにこやかに笑った。

その頃、とあるアパートの一室で、髪の半分を茶色に染めた若者が、愛おしげに古びたデュークを撫で回していた。魔銃の感触を確かめた若者は、シリンダー状の弾倉に一発ずつ弾丸を装塡（そうてん）していった。

三

翌朝、右京と亘は科警研の黒岩の研究室を訪問した。

捜査一課が貴戸の編集部から押収した『犯罪に対する見解と実行基準』を、亘が黒岩の目の前に差し出した。

「この論文はご存じでしたか？」

「ええ、読みましたよ」

黒岩の隣に控えていた雅美が口を挟んだ。

「うちの部の共同研究ですので、もちろん目は通しています」

「これを参考に、笠松剛史さんは『魔銃録』を執筆したようです」

右京が言うと、黒岩は合点がいったとばかりにうなずいた。

「なるほど……。あの小説が銃を持ちたいと思う者や、実際に持ったことがある者の心理をよく書けているのは、そういうことでしたか」

「そして、この論文のインタビューを受けた被験者の中に、三カ月前に代議士を襲撃した原口雄彦と思われる人物がいました」

右京のことばを受けて、亘が続けた。

「小説そっくりなあの銃を原口雄彦に渡したのは、笠松剛史だったんじゃないかと」

「そして、同じ線条痕を持つ拳銃で笠松剛史さんは殺害されました。犯人が撃ったのはかなりの至近距離からだったそうですねえ」

黒岩が右京に答える。

「銃創や衣類に付着した煤（すす）、火薬の量から推定して、銃口からの距離は十五センチほどでしょうね」

「そこで質問です。至近距離から心臓に一発。これは銃の扱いに慣れた人物なのでしょうか？」

「個人的見解を言えば、慣れていない人物だと思います」

黒岩が見解を示すと、すぐに雅美が続けた。

「わたしも同感です」

「それはなぜでしょう？」

「銃器の最大利点は、離れた場所からでも強い殺傷能力があるということですから」

「久保塚くんの言うとおり。相手に近づけるのなら刃物や鈍器でも一緒だし、相手に銃を奪われる可能性だってある」

亘が反論する。

「ですが、たった一発ですよ。プロの仕業じゃないんですかね？　素人ならこう、パンパンパンと何発も撃ってしまいそうな……」

「ご覧いただいたほうが早いですね」黒岩が保管ロッカーからガンケースを取り出し、中のデュークを特命係のふたりに見せた。「一八七五年にアメリカで開発されたこのデュークは、装弾数六発の四十五口径リボルバー拳銃。この時代の銃の特徴が、シングルアクション機構です」

「シングルアクションですか」

訊き返す亘に説明するため、黒岩がデュークを手に取って、実演した。

「ええ。こうやって撃鉄を起こし、引き金を引く。そうしたらまた撃鉄を起こし、引き金を引く。連射するにはこれを繰り返さなければなりません」

黒岩の言わんとすることを、右京は理解していた。

「扱いに慣れた者でなければ連射は難しいわけですね」

「銃は力そのものです。銃は手にするすべての者の力を均衡に保つ。だからアメリカでは護身のために、女性が銃を所持するのは当たり前です」

黒岩がデュークをガンケースにしまうと、雅美が言い添えた。

「向こうの警察官にも、そう言われました」

右京が聞き咎めた。

「向こう、というのは？」

「アメリカ留学時代にホールドアップされたことがあるんです。だから銃が嫌いで……触るのも嫌なほど」

亘が疑問を呈した。

「なのに、銃犯罪の研究を？」

「そういう目に遭ったから、でしょうね。No Pain, No Gain です」

亘がよく知られたその英語のことわざを翻訳した。

「痛みなくして得るものなし、ですか」

「日本にも数えきれないほどの銃器が流通しています。いつ銃を手にした者が目の前に現れても、不思議じゃありません」

雅美の訴えを、黒岩が認めた。

「そう。銃器の所持を厳しく規制している日本では、銃を持たない者が持つ者に対し圧倒的不利になってしまう。これは不平等だと言わざるを得ない。力のない者が暴力によって、踏みにじられるようなことがあってはいけないんですよ」

「人を平等にするのは銃ではなく法だと、僕は思いますがねえ」

右京が信条を語ったが、黒岩は同意しなかった。

「立派な信念だとは思いますが、法が守ってくれないときもあるでしょう」

その頃、伊丹と芹沢と麗音は、髪の半分を茶色に染めた若者を尾行していた。笠松剛史にファンレターを送った人物をしらみつぶしに当たるうちにたどりついたのだった。バッグを肩にかけてアパートから出てきた若者は、なにかに取り憑かれたように前を見据えて歩いていた。

人気がなくなった路上で、三人は若者を取り囲んだ。伊丹が警察手帳を掲げた。

「警察だ」

芹沢が若者に話しかけた。

「豊田充さんだよね。ちょっと話聞かせてもらっていいかな？」

豊田は「うわあああーっ」と叫ぶと、バッグからデュークを取り出し、銃口を刑事たちへ向けた。

「来るな！」

「おいおい！」

伊丹がなだめようとすると、興奮した豊田は空へ向かって威嚇射撃をした。乾いた銃声が住宅街に鳴り響いた。

「おい、撃つな！　落ち着け！」

なんとかなだめようとする伊丹に、豊田が再び撃鉄を起こし、銃口を向けた。

「来るな！　来たら、撃つぞ！」

「わかった、わかった！　ほら、丸腰だ。なっ？　危害は加えないから！」

「僕は……なにもしてない！　ただ拳銃を持ってただけだ！」

「だったら、おとなしくその銃をよこせ」

芹沢が右手を差し出したが、豊田は言うことを聞かなかった。

「嫌だ！」

「やめてください」豊田の銃口の前に、麗音が進み出た。そして、かつて撃たれた胸を辛そうに押さえる。「……わたし、撃たれたことがあるんです。動けなくって、死にたくない、死にたくないって呻くことしかできませんでした。あんな思い、誰にもさせないでください！」

麗音の気迫に押され、豊田が銃を持つ手をおろした。その瞬間、伊丹と芹沢が左右から豊田の体を押さえ、麗音がデュークを奪い取った。

「おい、豊田！」伊丹が怒鳴った。「『魔銃録』の作者を殺したのはお前か？」

「違います！　信じてください。僕じゃありません！」

すっかり観念した豊田に、芹沢が訊いた。

「じゃあ、この銃は、どこから手に入れた？」

その日の夜、特命係の小部屋で、右京と亘と角田が、人物相関図の描かれたホワイトボードを前にしていた。

亘がボードに貼った半分茶髪の若者の写真を示した。

「豊田充、二十六歳、フリーター。アリバイも確認されたそうですから、笠松を殺した犯人ではない」

角田がうなずいた。

「らしいな。でも、じゃあ、拳銃はどこから？」

「原口のときと同じように、紙袋に入った拳銃が玄関の前に置いてあったと」

右京が付け加える。

「ですが、置かれたのは笠松さんが殺害されたあと。つまり、原口に拳銃を送ったのも笠松さんではなく別の人物、ということになりますねえ」

「豊田に拳銃を渡して、罪をなすりつけるつもりだったのかねえ。って犯人っていったい誰よ？」

角田の本質的な質問に、右京が苦笑した。

「それがわかれば、苦労しませんよ」

「まあ、拳銃が押収できたのはよかったがな」

「まずは、科警研の鑑定結果を待ちましょう」

翌日、右京と亘は科警研の黒岩の研究室に、鑑定結果を聞きにいった。

黒岩は二丁のデュークをテーブルの上に並べた。

「これが三カ月前の事件の銃。こちらが昨日押収した銃。この二丁の線条痕はまるで違うものでした。笠松剛史さんを撃ったのは、別の拳銃ということになります」

亘が険しい顔になった。

「……このデュークがもう一丁、存在するってことですか？」

「にわかに信じがたい話ですねえ」

右京のことばに、黒岩が同意した。

「たしかに。でも、杉下さんの言ったとおりです。あり得ないものを除外して最後に残ったものが、どんなに信じがたくとも真実……ということになりますから」

「問題はあり得ないものとはなんなのか、信じがたい真実とはなんなのか、ですねえ」

亘が白手袋をはめて、原口から押収したデュークに手を伸ばした。

「ちょっといいですか？」

「あっ、どうぞ」黒岩が許可した。

亘は原口から押収した銃を手に取って検（あらた）めたあとテーブルに戻し、続いて豊田から押収した銃を手に取った。

「このにおい……」

鼻の利く亘が、銃から立ち上るにおいに気づいた。黒岩が説明する。

「ああ、ガンオイルです。においが独特なんです」

「ガンオイル……つい最近、どこかでこのにおいを嗅いだような気が……」

亘が豊田から押収した銃をテーブルに戻すと、黒岩が言った。

「そろそろよろしいでしょうか？」

「お忙しいところをすみません。おいとましましょうか。ありがとうございました」

右京が慇懃に腰を折った。


その夜、予想もしなかったできごとが起こった。黒岩雄一が科警研の建物の屋上から転落死したのである。

翌日、捜査一課の三人は死んだ黒岩の研究室で、遺留品の捜査に当たっていた。引き出しを調べていた麗音がファイルケースの中身に目をつけた。

「伊丹さん、これ見てください。笠松剛史宛てのファンレターのコピーです。原口と、豊田のもあります」

「なんでこんなもんがここに？」

芹沢はアンケートの原票を見つけていた。

「こっちは『極秘』って……。なんだ、これ？」

と、背後から聞き慣れた声が聞こえてきた。

「おそらくそれは、『犯罪に対する見解と実行基準』という論文の元データでしょう」

許可もなく現れた右京に、伊丹が目くじらを立てた。

「警部殿！」

「その中には四百人以上の被験者の個人情報があるはずですが、ナンバー三四六を見てください」

「三四六ですか？」芹沢がアンケートの原票をめくった。「あっ、原口雄彦！」

「なに⁉」

伊丹が芹沢の手元の資料をのぞき込む。麗音がその資料の意義に気づいた。

「もしかしてこれ、笠松剛史が『魔銃録』を書くのに参考にした資料ですか？」

「正解」と笑ったのは、右京とともに現れた亘だった。

「笠松と黒岩は繋がっていたってわけか……」

ようやく気づいた伊丹に、右京が仮説を披露した。

「こういうことでしょうか。この科警研の極秘資料を笠松さんに渡して、『魔銃録』を書かせたのは黒岩さんだった。だが、なんらかのトラブルが発生し、黒岩さんはこの保管ロッカーから拳銃を持ち出し、笠松さんを射殺。そして、なに食わぬ顔で拳銃を元に戻した。であれば、同一線条痕の謎も解けます」

「そう！　警部殿、そういうことですよ」

仮説に食いつく伊丹に、右京が左手の人差し指を立てた。

「ですが、ここでひとつ大きな問題が。どうやって、ここから拳銃を外に持ち出し、また元に戻せたのか？　ご存じのように、ここの警備は厳重ですからね」

「まあ、不可能でしょうねえ」

「冠城、お前は黙ってろ」伊丹が亘を邪険に扱った。「どうやって持ち出したかなんてのはあとの話です。とにかく笠松殺しの犯人は黒岩。凶器はここに保管していた拳銃。捜査の手が自分に迫っていることを感じて、黒岩は覚悟の自殺」

「あれ？　捜査の手なんて黒岩さんに迫ってましたっけ？」

伊丹が再び亘に当たる。

「うるさいよ、お前は、もう！」

芹沢が右京と亘の前に立った。

「はいはいはい、ご協力ありがとうございます。もう大丈夫です。お帰りください」

黒岩の研究室を追い出されたふたりが廊下に出ると、久保塚雅美が壁にもたれて俯いていた。

亘が近づいて、声をかけた。

「久保塚さん、大丈夫ですか？」

亘が差しのべた手を、雅美は払いのけた。

「大丈夫です。ありがとうございます」

そう言うと、雅美はふらつきながら自分の研究室に消えていった。

「よほどショックだったのでしょうねえ」右京が言っても、亘は呆然と立ちつくすばかりだった。「冠城くん、どうかしましたか？」

「右京さん……」

亘はこのときあることを思い出したのだった。


その夜、特命係の小部屋で右京は亘からの電話を受けていた。

「やはりそうでしたか。こちらのことは気にせず、続けてください」

電話を切った右京に、デスクでパソコンを操作していた青木が訊いた。

「冠城亘は鑑識課でなにしてるんです？」

「益子さんから、ちょっとした講習を受けてもらっています。君のほうはどうですか？」

「この選ばれし特別な僕に不可能などありませんよ。うーん……これかなっと」

青木が示した画面を、右京がのぞき込んだ。

「これです。さすが青木くん。すべてが繋がりました」

四

右京と亘は翌日もまた科警研を訪れ、黒岩の研究室に久保塚雅美を呼び出した。

「今日はなんでしょうか？　正直、この部屋には……」

伏し目がちの雅美に、右京が申し出た。

「おつらいところ、申し訳ありません。黒岩さんのことで、少しお訊きしたいことが」

「手短にお願いします」

「ではさっそく。黒岩さんは以前、『魔銃録』は銃を持ちたいと思う者や、実際に持ったことがある者の心理がよく書けていると、おっしゃっていましたねえ」

「はい。でも、黒岩先生が科警研の極秘資料を作者に渡していたんですよね？　よく書けているのも当然でした」

そこで亘が疑問を呈した。

「でも、黒岩さんはなんでそんなことをしたんでしょう？」

「黒岩先生は、銃器の脅威について、みんながもっと考えるべきだとおっしゃっていました」

「そして、黒岩さんはこうもおっしゃっていました。力のない者が暴力によって踏みにじられるようなことがあってはいけない、と。そんな人が、今回のような罪を犯すとは、僕には思えないんですよ」右京はいったんことばを切り、雅美と向き合った。「あなたのことを少し調べさせていただきました。アメリカ留学時代にホールドアップされた経験があると、おっしゃっていましたねえ。そのとき、突きつけられた銃はデュークだったようですね。そのような事件に巻き込まれた人の多くは、その後、銃に対する恐怖に苦しむことになります。ところが、あなたはそうではなかった。その恐怖心を克服しようとしました」

亘が一枚の写真を取り出した。

「あなたが留学していたスタンフォード大学周辺を調べていたところ、近くのガンクラブにあなたの写真が残っていました。最初に会ったとき、あなたの手からガンオイルのにおいがしたのを、昨日、思い出したんです」

亘は前日に雅美に差しのべた手を払いのけられたとき、同じように手を払われたことを思い出したのだった。それは初めてこの研究室を訪れ、黒岩がガンケースを開けて見せてくれたデュークに手を伸ばしたときだった。そして、そのとき雅美の手からかすかなにおいがしたのを覚えていたのだった。

亘が続けた。

「黒岩さんの同僚でもなく、銃が嫌いで、触るのも嫌だとおっしゃるあなたから、なぜガンオイルのにおいがしたのか？　デュークのようなシングルアクションの銃は、単純な構造なので壊れにくく、分解も容易です。あなたはよくご存じのはずです」

「あの厳重な警備ですからね、銃そのものを持ち出すことは不可能です。ですが、銃弾に線条痕を付けるために、必要なものはたったひとつ」右京が左手の人差し指を立てた。「銃身です」

「これだけだったら、荷物に隠して持ち出すことは可能です。あなたは、ここから持ち出した銃身を別のデュークに付け替え、笠松さんを殺害した」

雅美はふたりのことばを認めなかった。

「なんのために、わたしがそんなことをするんですか？」

右京は雅美の動機も察しがついていた。

「実験です。力を欲している者に銃を渡したらどうなるのか。犯罪に走るのか、それとも踏みとどまるのか。あなたはそれを確かめてみたかった」

「新作の構想に悩んでいた笠松さんに極秘資料を渡し、『魔銃録』を書かせたのは、あなたですね？」

亘が雅美を告発した。雅美はすべて見通されていることを悟ったようだった。三人は黒岩が転落した中庭に移動した。

「なぜ、笠松さんを殺したんですか？」右京が問い質した。「彼はあなたの実験にとって、欠かすことのできない大事な要素だったはずです」

「反響が大きくなって怖くなったそうです。それこそが実験の目的なのに。弱腰になって警察に自首しようとしたので……」

「あなたは笠松さんの所持品を持ち去り、保管ロッカーの中のデュークに銃身を付け直した」

右京の推理を、亘が引き継いだ。

「あの日、あなたの手からガンオイルのにおいがしたのは、そのせいだった。そして、犯行に使った拳銃に元の銃身を付け直し、銃に興味があると、笠松さんにファンレターを書いてきた豊田の家の玄関前に置いた」

「笠松さん殺害に魔銃の銃身を使ったのは、同一の線条痕を残し捜査を攪乱（かくらん）するため。そしてもうひとつ」右京が右手の人差し指を立てた。「魔銃と呼ばれる拳銃の存在を、世間に強く知らしめるためでしょう」

雅美が認めた。

「人は理解できない事象に興味を持たずにはいられませんから」

「長年、研究を共にしてきた黒岩さんにとって、あなたを疑うなど、あり得ないことだったのでしょうねえ」

右京が言うと、亘が続けた。

「黒岩さんも気がついてしまった。同じ線条痕の真相に」

「あなたの理解者だった黒岩さんの驚きは、大変なものだったでしょうねえ。まさかあなたが、研究者という立場を利用して殺人を犯していたとは……」

右京の言うとおり、驚いた黒岩は雅美を屋上に呼び出して、諄々と諭した。

「君のやったことは間違っている。自首するんだ！」

しかし、雅美は従うつもりはなかった。

「一度はじめた実験は、なにがあろうと最後までやり通します」

「見逃すわけにはいかない！　久保塚くん！　こんなことをしても、昔、君が受けた屈辱が消え去ることはないんだ！」

屋上から立ち去ろうとする雅美の腕を引いて、黒岩が引き留めた。雅美はそんな黒岩を振り払おうとして、突き飛ばした。すると、バランスを崩した黒岩は、屋上から転落してしまったのだった。

雅美は憑き物の落ちたような穏やかな顔で、特命係のふたりに過去の屈辱的な体験を語った。

「わたしの頭に銃を突きつけたのは、どこにでもいるごく普通の少年でした。バッグを奪ってその子が逃げたあと、涙が止まらなかった。助かったからじゃない。悔しかったから……。暴力にただ屈服するしかなかった自分が、情けなかったから……」

亘が雅美の気持ちを斟酌(しんしゃく)した。

「銃を目の前にしたら、誰だってそうなる」

「警察も友達もそうは言わなかった。日本人は平和ボケしてるって……。人生で一度も経験したことのない屈辱だった。突発的で理不尽な暴力は、誰にとっても無関係じゃない。その現実にしっかりと向き合うべきなんです」

この期に及んでまだ自分の考えに固執する雅美が、亘には理解できなかった。

「そんなことのために、君を信じていた黒岩さんを殺したのか？　笠松さんを撃ったのか？」

「言ったはずです。No Pain, No Gain だって」

あくまで言い張る雅美を、右京が厳しい口調で糾弾した。

「いいえ。あなたのしたことは、力のない者の弱みに付け込み、犯罪へといざなう、卑劣な行為です。そんなことをしたところで、あなたの受けた屈辱が消えるはずもない。あなたのしたことは、思い上がった独り善がりの愚かな行為。ええ、ただの愚行です！」

右京のことばを聞いていても、雅美は表情を変えなかった。右京と亘は、その様子を厳しい表情で見据えた。

第十八話

「暗殺者への招待」

一

二〇二〇年十月――。

「ネオ・ジパング」という仮想現実国家を主宰する加西周明はIT長者だった。加西はネオ・ジパングの国民だった朱音静を大金で操り、白バイ隊員の出雲麗音を銃撃させた。警視庁特命係の杉下右京と冠城亘の活躍もあり、ヴァーチャルとリアルが交錯する奇妙な事件の構図はほぼ明らかになった。朱音静は殺人未遂の罪で逮捕されたが、なぜか加西周明は逮捕されなかった。

警視庁副総監の衣笠藤治が億万長者の逮捕を止めたというのがもっぱらの噂だった。警察庁長官官房付の甲斐峯秋は直接衣笠と面会して、真偽を確かめた。

「まあ、訊いたところで言わんだろうがね」

峯秋に肚を探られた衣笠は、不機嫌な顔になった。

「それがわかってらっしゃるのに、わざわざお越しになったのは嫌がらせですか？」

「かもしれないね」

「お暇のようですね」

「だから暇潰しだよ」

峯秋はそう答えて、薄く笑った。衣笠が身を乗り出した。

「おたくの若い衆にも余計なまねをしないよう、言い聞かせてくださいね」

「杉下と冠城かね？」

組織図上、右京と亘は峯秋の管轄下にあった。

「まあ、あなたにコントロールできればの話ですが」

「非力ながら努力しましょう。ご期待に沿えるか、わからんがね」

峯秋は右京と亘に言った。

「彼本人の意向じゃない。逆らえない上の意向だろう」

「上って誰です？　警視総監？　それとも警察庁長官？」

亘が追及したが、峯秋は明言を避けた。

「具体的なことはわからないがね。そういうカテゴリーの人間じゃないと思うよ、こういう無理を通すのはね。君だって官僚だったんだ、上でうごめく人間どものおぞましさは知ってるだろう」

峯秋のほのめかしを聞いて、右京が歯嚙みした。

「大いに見くびりすぎました。彼の札束でコントロールされていたのは、貧しい人々だけじゃないようですねえ」

「しっかり中枢にも食い込んできますね、あの億万長者」

亘のことばで、右京が発奮した。

「僕は許しません。近いうち突き止めて、必ずや首を取ります。必ず！」

その数日後、東京地検の刑事部検事室に呼ばれた朱音静は検察官の田巻善治から検事調べを受けていた。

田巻が調書に目を落として、静に問いかけた。

「加西周明なる人物に、六億円という対価で殺人を持ちかけられた……」

「しくじってお金もらえませんでしたけど」

静はふてぶてしい態度で、そう答えた。

静の調べが終わった後、田巻は検察事務官である七原徳治郎から加西周明の話を聞いた。

「逮捕されていないってことですか」

「逮捕状は発行されたようですが、執行されていません」

田巻が渋い顔になる。

「加西周明というのは、俗にいう億万長者ですよ」

「はい、存じています」

「どうも、ややこしそうだなあ……」

「深入りはなさらないほうが」

心配そうに進言する年上の事務官を安心させるように、田巻はうなずいた。

「心得てます」

警視庁の接見室に静に会いにきたのは、派手なファッションに身を包みメイクをばっちり決めた二十代半ばの中郷都々子(なかざとつづこ)という女性の弁護士だった。

都々子が身分証明書を掲げた。

「らしくないけど本物だから。安心して」

静は腕組みをして、突然現れた奇妙な弁護士を観察した。

「うちの親がよこすはずない。誰に頼まれたの？」

「それは追って話す。ともかく悪い話じゃないと思うわよ。公判になれば嫌でも弁護士つくけど……。国選なんて親身になっちゃくれないから。どう？」

「あなた、いくつ？」

「二十五」

「よね？　年下のくせにタメ口、イラッとすんだけど」

苛立ちを口にした静に、都々子は不敵な笑みで応じた。

翌日の検事調べで、田巻が静に訊き返した。

「供述調書を保留したい？」

「ええ」

「どういうことかな？」

怪訝な表情の田巻に、静は言った。

「わたし、どうかしてたかもしれないんで、もう一度じっくり頭の中、整理してみます」

「君がどうかしてたのは間違いないよ。金と引き換えに見ず知らずの人間を殺そうとしたんだからね。殺し屋じゃあるまいし」

「殺し屋……」

「ここじゃ、保留なんてシステムはないよ」

田巻が言って聞かせても、静は顔を曇らせて譲らなかった。

「警察で言ったこと、嘘だったかもしれないんで」

「なに？　供述内容を変えたいっていうのか」

険しい目付きになる田巻に、静がうそぶいた。

「もし嘘言っちゃったんだったら、本当のこと言わないといけないし……。だから頭、整理したいんです」

特命係のふたりに朱音静の豹変ぶりを伝えたのは、事件の被害者であり、現在は捜査一課に籍を置く出雲麗音だった。

「朱音静が、供述調書にいちゃもんつけだした？」

亘が確認すると、麗音は首を縦に振った。

「嘘言ったかもしれないから保留にしてくれって、検事調べで言っているそうです」

「嘘ですか」右京が会話に加わった。「しかしまた、なぜこのタイミングで？」

「弁護士が接見に来たんです」

「弁護士がついた？」

亘が訊き返すと、麗音は首肯した。

「……みたいです」

右京は「なるほど」と納得していた。

警視庁の留置場に戻った静を、捜査一課の伊丹憲一が問い詰めた。

「弁護士になにか吹き込まれたか？　供述変えようったって、そうはいかねえぞ。調書の内容はお前もしっかり確認済みだ」

伊丹の後輩の芹沢慶二が続いた。

「内容に間違いありませんって、署名して拇印まで押しただろ」

「いいか？　保留なんて制度はねえからな。覚えとけ」

伊丹が強面で迫っても、静は動じなかった。

「夢……見てたのかもしれない」

「なに？」

「夢って？」

夢ということばに反応した伊丹と芹沢に、静が挑むように言った。

「リアルとヴァーチャルの区別がつかなくなってたのかも、わたし。結果的に間違った供述してたとしたら、やばいなと思って……。だって加西周明が逮捕されなかったってことは、わたしがおかしいのかもしれない。そうでしょ？」

中郷都々子は大手弁護士事務所である〈エンパイヤ・ロー・ガーデン〉に籍を置くイソ弁であった。

右京と亘は、都心の高層ビルのワンフロアを占める〈エンパイヤ・ロー・ガーデン〉のオフィスを訪れ、都々子に面会を求めた。ガラス張りの会議室で待っていると、相変わらず派手な格好の都々子が入ってきた。特命係のふたりが立ち上がると、都々子は「堅苦しいの苦手」と言って、ふたりの正面に座った。

「初対面の挨拶はどうしても堅苦しくなってしまいますが、ご容赦を。警視庁の杉下です」

「同じく冠城です」

「中郷です」都々子は名乗り、立ったままのふたりに言った。「なにも話せないよ」

「はい？」

「まだ用件、言ってませんけど」

戸惑う右京と亘に、都々子は顔もあげずに言った。

「朱音静の件って聞いてるけど。彼女、わたしのクライアントだから。クライアントのことはなにも話せない」

「守秘義務ですか」と訊く右京の顔を、都々子は憎々しげに見つめた。

「そういう堅苦しいのじゃなくて、話す気はないってこと。いわばあなた方、敵だもん」

「なるほど」

「だったら面会、断ってくれればいいんじゃないですか？」

亘が嫌みをぶつけると、都々子はにっこり笑った。

「無駄足、踏ませてやろうと思って。だって敵だもん。ちょっとした嫌がらせ？」

そのちぐはぐな面会のようすを、ガラス越しにボス弁の三門安吾（みかどあんご）が見ていた。三門はそばにいたベテラン弁護士に訊いた。

「彼ら何者？　都々子と話してるふたり」

「さあ……」

三門は険しい顔で腕を組んだ。

「法律相談に来たって感じじゃないね」

しばらくすると都々子が早々に面会を終えて会議室から出てきた。三門は最年少のイソ弁を呼び止めた。

「都々子、さっきの誰？」

〈エンパイヤ・ロー・ガーデン〉の入った高層ビルのエントランスホールを通りながら、亘が右京に話しかけた。

「供述を翻（ひるがえ）して犯行を全面否認する作戦ですかね？　まあ、それはさすがに無理あるか」

右京が都々子の印象を語った。

「しかし、平然と無理を押し通しそうな方ですからねえ」

「中郷都々子……たしかに、ちまちま情状酌量を狙うようなタイプじゃないですよね。やるなら大博打(おおばくち)、やらかしそうだ」

「出雲麗音銃撃事件については、凶器の拳銃は押収されて、犯行に使われたものとしっかり特定できていますが、その入手経路についてはいまだわかっていません」

「朱音静は加西周明に提供されたものだと言ってましたけどね」

「ええ」右京がうなずいた。「そのあたりは彼女の供述に頼っているわけです」

「本当なら逮捕して起訴まで最長二十三日間、入手経路の特定も可能だったはずが、まさかの加西不逮捕ですからね。特定は厳しいかも」

亘のことばを受けて、右京が言った。

「つまりこちら側には、ところどころ弱みがあるんですよ。本来、同時逮捕の加西周明の供述と照らし合わせることで、それらの弱みをひとつひとつ潰したうえで起訴する予定が、加西不逮捕で叶わなくなってしまった」

「中郷都々子はそういう弱みを突いてくる?」

「どのように突いてくるのか大いに気になりますねえ」

警視庁に戻ったふたりが地下駐車場から庁舎へ入ろうとしていると、思いがけない人物が前から歩いてきた。その中年女性は万津蒔子、朱音静の元恋人で加西周明に大金をちらつかされ高層ビルをボルダリングの要領で登る途中で転落死した万津幸矢の母親だった。

「おや」

右京が先に気づくと、亘も気づいて頭を下げた。

「あっ、どうも」

蒔子も会釈を返した。

右京と亘は蒔子を近くの公園に誘い、話を聞いた。蒔子は朱音静の面会に来ていたと言った。

「初めてですか？」

亘が訊くと、蒔子は九州弁で答えた。

「いえ、二度目。今日は衣類とか差し入れ。彼女、あまりお金持ってないから、必要なもの買えんみたいで」

「お母さんがわざわざ？」

「静さん、おうち、勘当になってしまったとですよ」

「おやおや」右京が目を丸くした。

「親御さん、一度見えて、そう宣言されたって。まあ、親御さんのお気持ちもわからんくはないけど、でもね、それじゃぁ静さん、気の毒だし。ほっとけんもんね。息子の嫁になるかもしれんかった子やしね」

「てっきり九州にお帰りになったものと思っていました」

「そんなわけだから、せめて静さんの裁判済むまで、こっちおろうかと。いつから裁判になるんでしょう?」

「おそらく起訴が十一月の二十一日……」

右京はすばやく計算して、確認するように亘のほうへ視線を向けた。

「このようすだと、検察も勾留日数を最大限使うでしょうから」

亘のことばを受けて、右京が蒔子の問いに答えた。

「起訴から初公判までは、およそ二カ月というのが慣例ですから、裁判がはじまるのは来年一月の下旬というところですが、さてどうなりますか……」

「もっと先かもしれません」

亘の補足を聞いて、蒔子の顔が曇った。

「まだずいぶんあるとですね」

「こちらではホテル住まいですか?」

「いいえ、幸い大家さんが優しい方で、家賃さえ払えば幸矢の部屋をそのまま継続して使わせてもらえることになったので。静さんは、裁判までずっとあそこですか？」

「起訴されるまで留置場にいます。起訴後、拘置所に移されます」

亘の説明を、右京が補足した。

「勾留が決まると、拘置所へ移るのが本当なのですが、定員がいっぱいで収容できないことも多く、警察の留置場が拘置所代わりになってます。代用監獄と揶揄されてますがね。ああ、ところで朱音静のようすはどうでした？」

「はあ？　ご自分で確かめたらよかじゃなかですか。刑事さんなら、いつでも面会できっとでしょ？　ましてや代用監獄とやらで、いま、警視庁の留置場におっとですから」

蒔子から皮肉たっぷりに不満をぶつけられた亘が、情けない表情を作って訴えた。

「それが我々、接見禁止になってるんです」

「んっ？」

「といっても、正式な接見禁止じゃなくて単なる意地悪。お母さんだからぶっちゃけますけどね、捜査一課の意地の悪いふたり組……」

蒔子もピンときたようだった。

「伊丹さんと芹沢さんですか？」

「あのふたりが意地悪して、我々と朱音静の面会を禁じてるんです」

「あらま！」

右京が亘の作戦に乗った。

「ですから、こうしてばったりお目にかかったのを幸い、お母さんに彼女のことをお尋ねした次第なんですよ。どんなようすでした？」

さっきは突っぱねた蒔子も、今回は隠し立てしなかった。

「強がっとりますけど、そりゃ内心、相当こたえてますよ……」

今日も、静は蒔子にこう尋ねてきた。

「どうしてそんなに優しくしてくれるんですか？」

「どうしてって？」

蒔子が訊き返すと、静は言った。

「わたし、幸矢くんに罪をなすりつけようとした女ですよ？　お母さん騙して罪を逃れようとした女ですよ？」

「人間なんてね、弱いもの。追い詰められたらなおさら」

蒔子は静が気の毒になり、そう答えるしかなかった。

「……でもね、やっと自分の罪と向き合うことができたんじゃなかかなって思います。しっかり償ってほしいと思っとります。あっ、そろそろ……」

会釈して去ろうとする蒔子に、右京が一礼した。

「お引き留めして申し訳ありませんでしたね」

ふたりが特命係の小部屋に戻ってくると、サイバーセキュリティ対策本部の特別捜査官、青木年男が待ち構えていた。青木は右京と亘にリサーチ結果を知らせた。

「ボス弁、三門安吾率いる〈エンパイヤ・ロー・ガーデン〉。法曹界で一大勢力を誇る法律事務所です。中郷都々子はいわゆるイソ弁。のり弁じゃないぞ？」青木は亘にわざわざ注釈して、続けた。「東大法学部時代に司法試験に合格した才媛で、学生時代から〈エンパイヤ・ロー・ガーデン〉でバイトしており、卒業後司法修習を経てそのまま、〈エンパイヤ・ロー・ガーデン〉に所属。ざっくり経歴述べるとそんなところですが、この中郷都々子が、あの不死身ちゃんの敵、朱音静の弁護士になったんですか？」

「ええ、そのようです」右京が認めた。

「なんでまた？　ここの事務所、朱音静なんて下級国民には洟(はな)も引っかけないハイソな法律事務所ですよ。そうそうたる企業の法律顧問やってるし」

「俺たちも同様の疑問を持ったから、お前なんかに頭下げてリサーチしてもらってんだろうが」

「それは一度でも下げてから言え、冠城亘！　ふんぞり返って命令するくせして」

右京は同期のふたりの醜い言い争いを無視した。

「青木くんのことばを借りれば、今回、〈エンパイヤ・ロー・ガーデン〉は、引っかけないはずの湊を引っかけた。この事柄ひとつ取ってみても、大いに興味深い状況ですねえ」


幸矢の部屋に戻った蒔子は、息子の遺影を前に、この部屋でのいくつかのできごとを思い返していた。静から勧められて初めてヘッド・マウント・ディスプレイ（ＨＭＤ）を装着したときのこと、静から幸矢の遺品のゲッコーメンの衣装を渡されたときのこと、静と一緒に幸矢の遺影の写真を選んだときのこと……。


思い出に浸っていると、チャイムが鳴った。ドアを開けると、二十代半ばの派手なファッションの女性が立っていた。

「どなた？」

女性が弁護士身分証を呈示した。

「らしくないけど安心して。本物だから」

二

二〇二〇年十一月——。

朱音静は相変わらず検事調べの場で押し黙っていた。無言のにらめっこの根競べに負けたのは、検事の田巻のほうだった。

「我々をバカにしてる？」

「とんでもない」

静は平然と返した。

報告を受けた刑事部長の内村完爾は伊丹と芹沢を頭ごなしに叱り飛ばした。

「貴様ら、何年刑事やってるんだ！　そんなことで、いちいちうろたえるな！　バカもんが！」

「しかし、もう半月以上です。なにたくらんでるんだか……」

伊丹が反論すると、芹沢も同調した。

「なんか不気味じゃないですか」

参事官の中園照生は内村の肩を持った。

「すでに送検された案件だ。あとは検察に任せればいい」

「下手に首突っ込むと、副総監に盾突くことになる。そんなことはお前たちだってわかるだろう」

内村が話を打ち切った。

刑事部長室を追い出された伊丹は、廊下を歩きながら中園を説得しようとした。

「わかっちゃいるんですけど、これで朱音静の件までうやむやにされるようなことがあったら、たまりませんからね」

「朱音静の件と加西周明は不可分だ。部長がおっしゃるように下手に首突っ込むと、副総監の逆鱗に触れかねん」

「だから参事官はこのまま黙ってろと？」

芹沢が中園をつつくと、伊丹が言った。

「被害者はうちの出雲麗音ですよ」

「そうですよ。まあ長いものに巻かれて加西周明には目をつぶったとしても、朱音静まで取り逃がしたんじゃ……出雲だってやりきれませんよ」

伊丹と芹沢から交互に責め立てられ、中園が癇癪を起こした。

「ふたりして都合よく出雲の名前を出すな！　とにかく放っておけ。保留だかなんだか知らんが相手にする必要ない！」

その出雲麗音は、特命係の小部屋で右京と亘に不満をぶつけていた。

「だって、おかしいと思いませんか？　半月以上ですよ。保留するにもほどがある。そもそも保留ってなんなんですか？　いくら気を持たせたって、こっちが新しい調書の作成に応じなければ、向こうは手も足も出ませんからね！」

　亘が麗音にコーヒーを差し出した。

「まあまあ、落ち着いてください」

　麗音はコーヒーに見向きもしなかった。

「いや、落ち着いてる場合ですか」

「いや、お迎えが来たので」

「えっ？」

　麗音が振り返ると、入り口に伊丹と芹沢が立っていた。

　伊丹が声をかけた。

「不義密通の現場を押さえたぞ、出雲麗音」

　芹沢は部屋に足を踏み入れ、麗音のそばまでやってきた。

「いっそのこと、特命の子になっちゃう？　俺たち、それでもちっとも構わないんだけど」

「すみません。つい足が向きました」

「ちょっと聞いた？　聞きました？　つい足が向いたんですと」

　伊丹がすかさず揶揄した。

「この期に及んで、あまり上手な言い訳とは思えませんねえ」

右京にもダメ出しされて気落ちする麗音の気持ちを亘が酌んだ。

「まあ、でも彼女がいても立ってもいられない気持ち、おふたりだってわからなくもないんじゃないですか？」

「だからって、よその男頼られたら、亭主の立つ瀬ないんだよ」

憤慨する伊丹を、亘がなだめる。

「まあまあ、たしかに」

右京が話を戻した。

「しかし、出雲さんがやきもきするまでもなく、保留なる焦らしが半月を超えているのは、いささか気になりますねぇ」

「不気味っすよね」

芹沢のことばを、右京が受けた。

「たしかに不気味。不気味なうえに不思議です。朱音静はこれだけの日数をかけて、中郷弁護士といったいなにを画策しているのか」

加西周明の住居は、都心の一等地に建つタワーマンションの上層階にあった。

熱帯魚が悠然と泳ぐ大型水槽が並ぶその部屋で、ＨＭＤを装着した加西とひとりの若者が、ともに差し出した右手をゆっくり上下に揺らしていた。はたから見ると異様な光景だったが、ＨＭＤの中では、ふたりはネオ・ジパングで握手を交わしているのだった。

「無事、契約成立です」

三門安吾が宣言すると、立ち会っていた〈エンパイヤ・ロー・ガーデン〉のベテラン弁護士数名と、ＨＭＤを装着した若者を代表とするベンチャー企業の若き幹部たちから拍手が起こった。

加西がＨＭＤを外した。

「僕はいま、大国主命気分だ」

加西と握手をした若者もＨＭＤを外す。

「それは無理があります。だって僕らは、ネオ・ジパングを武力で脅したわけじゃありませんよ」

「そうかい？　金は力だ。脅威だ。ときには武力にも勝る。僕は君たちのそれに恐れをなして国譲りを決心した。そんなストーリーじゃ駄目？」

加西が若者たちに話しかけると、彼らの代表が笑った。

「そもそも売りに出したのは加西さんのほうじゃありませんか」

「あっ、そうだったっけ？」

加西のとぼけたひと言で、若者たちは大笑いした。

ネオ・ジパングの譲渡を終えた加西は記者会見に臨んだ。記者たちを前に加西は清々しい顔で語った。

「僕はね、若い世代に期待してるし、彼らにチャンスをあげたい。かつて僕がそうしてもらったようにね。だからさ……」

加西がネオ・ジパングを若者たちに譲渡したという話は、すぐに内閣官房長官、鶴田翁助の耳にも届いた。

「大国主命ねえ……。自らを神と称してはばからないんだね、彼は。人間、もっと謙虚じゃなきゃ」

鶴田に情報をもたらしたのは、内閣情報調査室のトップ、内閣情報官の栗橋東一郎だった。

「一国を自由にしていたんです。まあ、仮想国家ではありますが。ヴァーチャルがリアルの精神状態に影響しても、無理はありませんよ」

「なるほど。たしかにそうだ。彼はこの僕よりずっと偉かったわけだからね、かの国では。で、いくらで売っ払ったの？」

鶴田の質問に答えたのは、横に控えていた内閣情報調査室カウンターインテリジェンスセンターの柾庸子だった。庸子から耳打ちされた金額に、鶴田は目を丸くした。

「ほう。焼け太りだね、そりゃ。まあ彼にしたらその程度、はした金か」

翌朝、ネットニュースのヘッドラインに「ネオ・ジパングの将来を若い世代に託して国譲り」という文字が並んだ。特命係の小部屋で、亘がその見出しをクリックすると、得意げな顔の加西の写真が現れた。

組織犯罪対策五課長の角田六郎が、亘のパソコン画面をのぞき込んだ。

「一種の証拠隠滅じゃないか？　なあ？」

話を振られた右京が言った。

「その可能性もなくはありませんが、現状、どうにもなりませんからねえ」

亘がネットニュースの記事を読む。

「ネオ・ジパングを買った企業は、システムは踏襲しながらも、国名変更や内容の刷新を図るみたいですね」

「出雲麗音銃撃事件の舞台になった国家が事実上、消滅するってことだろ？　立派な証拠隠滅だぞ。しかしまあ、よく情報をここまで抑え込んだもんだ。加西周明不逮捕の件はもちろん、普通なら漏れちまう朱音静の供述内容すら、表沙汰になってない」

角田が渋い顔になるのを、亘が受けた。

「一部マスコミが嗅ぎつけて、ネットに記事をあげてたようですね」

「ゴシップ系の連中だろ？」

「ええ。一瞬で消えました」

右京がティーカップを載せたソーサーを手に持って、会話に加わった。

「そういう力が働いているということでしょう」

「副総監を動かした力」

そうほのめかす亘に、右京は「ええ」とうなずいた。

「しかし公判が開かれたら、そうはいかんぞ。朱音静の罪状認否で嫌でも供述内容が明るみに出る。加西の殺人教唆が世間に知れる」

角田が見通しを述べると、亘は「手段はあります」と言った。

「どんな?」

「不起訴」

角田が目を瞠った。

「裁判しないってか⁉」

「まあ、不起訴にしても理由を述べる必要ありませんしね」

「それはいくらなんでも……」

角田は首をひねったが、右京は亘の意見を一部認めた。

「未遂とはいえ殺人容疑ですからねえ。そこまであからさまなまねをするとは思えませんが、冠城くんの言うとおり、ひとつの手段ではありますね」

「検察に影響を及ぼすほどの力ってことか」

声をあげた角田に、亘は吐き捨てるように言った。

「すべて金。札ビラ切って人殺しさせるのと一緒。権力を懐柔してるんです」

その夜、加西周明はとあるバーのカウンター席で、国家公安委員長の鑓鞍兵衛と会食していた。鑓鞍は事情通だった。

「いろいろ聞いてるよ。私は耳がいいもんでね、みんなに聞こえないことまで聞こえたりするの」

「どうせろくな噂じゃないでしょ？」

加西が苦笑すると、鑓鞍はにやりと笑った。

「最近、美談あったじゃない。将来性ある若者に、惜しみなくチャンスをあげたんでしょう。聞いてますよ」

「なにほどかでも若い奴らの糧になればと思ってね」

「でも、それでまた資産増やしちゃって、まるで焼け太りだって声も聞こえる」

「そんなこと言う奴、ろくなもんじゃありませんね」

「だよねえ」

ふたりは顔を見合わせて笑った。

その頃、家庭料理〈こてまり〉には右京と亘の姿があった。女将(おかみ)の小手鞠こと小出茉梨は、ネオ・ジパングの国民だった。

「やっとなじんできたところなのに、身売りされちゃって、なんだか不安」

「女将さん、ネオ・ジパング、ハマってましたもんね」

亘が言うと、小手鞠はにっこり微笑(ほほえ)んだ。

「『フォトス』の楓子(ふうこ)さんほどじゃありませんけど、まあそこそこ。国民がビルから落ちたり、銃撃事件起こしたりしたんで、嫌気が差して国を去った人も結構いたみたいなんですけど、人の噂もなんとやらで、もうすっかり落ち着きましたからね。そういえば、白バイ隊員を撃って捕まった人、朱音静っていいましたっけ。その後どうなったんですか？　普通だったらもっと報道されるのに、なんだかちっともニュースで取り上げないから情報入ってこない」

小手鞠が水を向けたが、右京も亘も口を開くようすはなかった。

「まあそりゃ、こうやって真っ正直に訊いても、事件のことは答えてくださらないでしょうけど。そもそもどうして白バイ隊員撃ったんですか？」

亘が苦笑した。

「真っ正直に訊いてるじゃないですか。答えませんよ」

「あら、いけず。もうちょっと気を持たせた言い方、お勉強なさったほうがよろしくってよ」

「ご忠告どうも」

亘が頭を下げると、右京が言った。

「ならば、こういう言い方はどうでしょう？　保留中につき、いましばらくお待ちを」

「保留？」

小手鞠はきょとんとした表情になった。

三

二〇二〇年十二月――。

朱音静の身柄は東京拘置所に移されたが、万津蒔子は相変わらず頻繁に面会していた。

「本当に感謝してる」

静がふたりを隔てるアクリル板に右手を当ててつぶやくと、蒔子はその手を握るかのごとく、左手をアクリル板に当てた。

「そんな水くさい」

「巻き込んじゃって、申し訳なく思ってる」

「幸矢のためでもあるんやから」

毎度同じように繰り返されるやりとりに、立ち会う女性刑務官はあくびをこらえるのが大変だった。

面会を終えて幸矢の部屋に戻った蒔子は、手慣れたしぐさでパソコンを起動した。

翌日、東京地検刑事部検事室で、田巻は静を前に宣言した。

「ようやく焦らしプレーも終了か。こっちはもう焦らしに焦らされて萎えちゃってるけどね。言っとくが、もうひと月近く前に君の起訴は済んでる。君はいま、立派な刑事被告人。公判を控えて起訴後勾留中の身だ。いまさら供述を変えたいなんてわがまま、聞く義理はないが、一応聞くだけ聞こう。なに言うか興味ある。どうぞ」

静は神妙な顔でとつとつと語った。

「架空の話、でっち上げました。ネオ・ジパングで拳銃撃つ爽快感を知って、やみつきになっちゃって、とうとうリアルで人を撃ちたくなって……。銃は調書のとおり、コインロッカーで受け渡しが行われたんですけど、加西さんが手配したとか全然でたらめで、自分で闇サイトで手配しました。幸矢くんも同じで、ネオ・ジパングの大道芸人にハマっちゃって、それをまねして本当にビルよじ登っちゃって。バカだから、あの子……。ううん、バカなのはわたしも一緒で、ふたりともゲーム感覚でした。リアルとヴァーチャルの区別がつかなくなっちゃって、気がついたらとんでもないことしちゃってて……。加西さんのせいにしたのは、たぶん……嫉妬。億万長者がうらやましくて、憎たらしくて、自分たちと比べたら、無性に悲しくなって。罪なすりつけてやりたいと思ったからです。加西さんには迷惑かけちゃって、申し訳なかったです」

静の供述内容は、すぐに刑事部長にも知らされた。

「なんだと⁉」

顔色が変わった内村に、中園が繰り返した。

「ですから、殺人については供述どおり全面的に認めておりますが、加西周明の関与というのはでたらめだったと」

特命係の小部屋でも同じ話題が出ていた。

「六億円で殺人を持ちかけられたというのは作り話だったと、検事に主張したそうです」

亘の話を聞いて、右京がつぶやく。

「作り話ですか……」

「架空と現実がごっちゃになってしまって引き起こした事件で、金持ちへの嫉妬から加西を罪に陥れようとしたと。加西に申し訳ないことをしたと詫びたそうです」

「なるほど」

右京と亘はさっそく東京拘置所へ行き、朱音静に面会を求めたが、静は応じなかった。

重い足取りで引き揚げながら、亘がぼやいた。

「拘置所に移ったら、今度は会えるかと思ったんですけどね」

右京が達観したように応じた。

「本人から拒絶されてしまっては仕方ありませんねえ」

捜査一課のフロアでは、麗音が悔しさを募らせ、鉛筆をへし折った。興奮冷めやらず立ち上がった麗音は、伊丹に食ってかかった。

「今頃になって、こんなの通るんですか!」

伊丹は顔を上げず、極力冷静に答えた。

「通るにしろ通らないにしろ、もうタマは検察に渡ってるんだ。向こうが判断するさ」

芹沢が銃撃された元白バイ隊員に注意した。

「戻って自分の仕事しろ、出雲麗音」

田巻は帰り支度をしながら、事務官の七原に言った。

「起訴後ですし、供述変更など認めるつもりはありませんでしたが、変更内容を聞いて気が変わりました。むしろこのほうがいい。すっきりした。逮捕を握り潰された人物が犯行動機に関わっているとなると、いろいろ厄介ですからね」

七原も田巻に同意した。

「検事のおっしゃるとおりです。新しい供述を採用するなら、弁護人も文句ないでしょうから、公判もスムーズに進みますよ」

「ですね」


同じ頃、特命係の小部屋に戻ってきた右京に、青木が報告した。

「ご指摘のとおりですね」

「やはり〈エンパイヤ・ロー・ガーデン〉のクライアントか……」

納得する亘に、青木が言った。

「それもかなり太い」

「だろうな」

「だからって得意がるな、冠城亘。〈エンパイヤ〉の弁護士が朱音静についたら、加西周明がシロって供述に変わったんだ。誰だって加西が〈エンパイヤ〉のクライアントだ

「誰が得意がってる？」

ってわかる」

「貴様のことばの端々に、得意げな響きを感じるんだよ」

「耳も歪んでるな」

亘が非難すると、青木は自虐的に言った。

「自慢じゃないが、全身歪んでるんだ」

「いい整体師、紹介してあげるよ」亘は青木をからかい、右京に向き直った。「これは買収ですよね？」

「ええ、おそらく」右京が認めた。「お願いされたぐらいで供述を変えるとは思えませんし、加西の命を受けた弁護士が朱音静を懐柔した」

んし、脅されたところでこたえないでしょうから、金と引き換えにと考えるのが妥当でしょう」

「そもそも、金で人殺ししようとした女ですからね。改めて金に転んでも不思議じゃない」

「殺人罪が適用されても未遂ですからね。むろん実刑は免れないでしょうが、八年もすれば出てこられます。まだ若いですからねえ。罪を償ったあとの人生は長い」

右京の言いたいことを、亘は理解していた。

「その長い人生、償ったとはいえ、世間の風当たりはきついでしょうから。そのとき、味方になってくれるのは金。あればあるほど心強い」

「決して感心はしませんが、彼女の立場で金銭と引き換えに罪をすべて被る気になったとしても、うなずけますよ」

「いくらで転んだと思う？」青木が下世話な質問をした。「足元見て、ふっかけたとしてもおかしくないぞ」

「しくじってもらい損ねた六億とか」

亘の読みを、右京が支持した。

「可能性は十分ありますね。逸失利益を取り戻したと考えれば合理的かもしれません」

青木が顔を歪めた。

「朱音静ってのは図太い女だな」

「それよりなにより、これで加西周明は今回の件から自らのプレゼンスを消し去ることに成功したということですねえ」右京はそう言ったのち、改めて疑問を呈した。「しかし、買収できますかねえ？」

「はあ？」青木が呆れた。「いや、たったいま、買収されたってことで、話まとまったでしょう。率先して賛同したくせして、その舌の根も乾かないうちに、和を乱すようなこと……」

「たしかに供述が加西有利に翻った理由としては、それが最も説得力があると思うのですが、さて金銭の受け渡しはどう行われたのでしょう？　正確な金額はわかりませんが、半端な額ではなさそうですし、そもそも現金で授受できる状況ではありません」

「普通、大金は振り込みでしょう、口座振込」

亘が青木にダメ出しした。

「バカか、お前。朱音静の通帳類は当局に押さえられてるから、そんなところへ振り込んだら、すぐバレるだろ」

「だから隠し口座だよ」

「そんなのあるの？」

「知るか。本人に訊け」

亘と青木の大人げない言い争いに、右京が割り込んだ。

「訊いて簡単に答えるようでは、隠し口座の名に値しないと思いますが、仮に隠し口座があったとして、振り込まれたことを朱音静はどうやって確認しますか？　彼女が、確認もせずに供述を変えるとは思えません」

「たしかにそんなアマちゃんじゃありませんね。確実に金を受け取ってない限り、言うとおりになんかしないはず。勾留中だからな。口座の残高確認なんてできない」

右京に同意する亘に、青木が言った。

「弁護士が振込明細見せりゃ済むだろ。弁護士の接見は立会人がつかないからな」

右京は納得しなかった。

「仮にそうだったとしても、弁護士に見せられた振込明細を素直に信じますかねえ？　ましてや相手は加西の命を受けた人物。朱音静は加西が逮捕を免れたことを知っていますからねえ。そんな人物の送り込んだ弁護士を、全面的に信頼しているとは到底思えないんですよ」

「なるほど、買収か……」

東京地検刑事部検事室を訪れた亘にコーヒーメイカーから注いだコーヒーを渡しながら、田巻が感じ入ったように応じた。亘がさらに提言した。

「すぐに足がつくような金銭授受をおこなっているとは思えませんが、話したとおり朱音静は口約束で供述を変えるタマじゃないんで、とにかく彼女の口座と隠し口座、調べてみるべきと思いますが」

「わかりました。いや、わざわざ貴重な情報、ありがとうございます。助かります」

田巻が差し出した右手を握り返し、亘はコーヒーをひと口飲んで立ち上がった。

「じゃあ。ご馳走さまです」

特命係の小部屋に戻った亘は自らの手でコーヒーをネルドリップで淹れながら、田巻とのやりとりを右京に報告した。

「そうですか、相手にされませんでしたか」

「ええ。わざとらしい感謝のことばをいただきましたからね。真剣に対応してたら、むしろ不機嫌になるはず。彼らは警察官に指示されるの、最も嫌がりますからね」

「加西不逮捕のことは知っているでしょうから、要するに検察は加西を追及するつもりはない、ということですね」

亘が淹れたてのコーヒーの香りを楽しんだ。

「間違いありません」

「まあ、いずれにしても朱音静の口座から買収の証拠が見つかるとは思えませんがね。隠し口座というのも現実的ではありません」

「でも確実に、金銭授受はあったはずですよね。いったいどうやって？」

「その方法も含めて、朱音静の供述変更までのおよそひと月半という期間がずっと気になっています」

「不気味で不思議な一カ月半……」

「ええ」

右京がティーカップを口へ運んだ。

半グレの若者から襲撃されて一時は人事不省状態に陥った内村完爾は、復帰したあと副総監室で衣笠藤治に直談判していた。

「圧力に屈しての逮捕見送りは、到底看過できません」

「看過もなにも、逮捕を見送ったのは十月だよ。もうふた月も前だ。いまさらその件に……」

言い逃れようとする衣笠を、内村が遮った。

「そもそも圧力をもって、副総監に逮捕状を握り潰させたのは誰なんです？　そういう不正義は、不肖この内村完爾、我慢がなりません」

「銃撃犯、朱音静は嘘の供述をしていて、先般それを訂正したそうじゃないか。つまり加西周明逮捕は本来ミステイクであったわけだよ」

衣笠は言ったが、内村は認めなかった。

「買収による供述変更の疑いがあります」

「いい加減にしたまえ！」衣笠が声を荒らげた。「まあ、君も大変な目に遭ったからね。一時の気の迷いだろう。だがね、我が身可愛くば自重することだ」

翌日、捜査一課のフロアに顔を出した中園に、伊丹が泣きついた。

「参事官、なんとかしてくださいよ！　逮捕なんかできっこないでしょう。そもそもなんで我々なんですか？　他にも捜査員、いくらだっていますよ」

「そりゃあ、お前たちへの部長の信頼が厚いからだろう」

「じゃあ、いいんですね？　部長の命令どおり動きますよ」

芹沢のことばに、中園が慌てた。

「バ……バカ！　そんなことしたら、副総監に盾突くことになる」

「じゃあ、どうしたらいいんですか！」

伊丹が問い詰めると、中園は地団太を踏んだ。

「それがわかりゃ苦労せんわ！　もうまったく、なんで生き返ったりなんかしたんだ！……いやなんでもない。なんでもない」

そこへ会話を聞きつけた麗音が顔を真っ赤にして近づいてきた。芹沢が麗音を追い返す。

「ちょっともう、首突っ込むなって言ってるだろ！　特にこの件はさ……」

「わかってます」

「わかってたら、戻れ！」

伊丹が命じると、麗音がいきなり声を張りあげた。

「頑張れ伊丹さん！　負けるな芹沢さん！」

ぎょっとする伊丹と芹沢に、麗音が言った。

「わたしをチアリーダーだと思ってください。おふたりのこと、応援してます！」

芹沢が伊丹に耳打ちした。

「想像以上に図太いっすね……」

「下手すりゃ、俺らが追ん出されるかも……」

中園がふたりにうなずいた。

四

二〇二一年一月――。

右京と亘は万津幸矢の部屋に、蒔子を訪ねた。部屋に招き入れ、お茶を淹れる蒔子に、右京が言った。

「どうぞお構いなく。あれからも頻繁に面会なさってますか？」

蒔子はテーブルについたふたりに湯呑みを差し出し、向き合って座った。

「心細いでしょうからね」

「そう思ってお邪魔しました」

「えっ？」

亘が説明した。

「拘置所に移れば面会できると思ったんですけどね、俺ら、本人に拒否られちゃって。

相当嫌われてるみたいです。……なもんで彼女のようすを聞きに」

「逮捕された頃に比べたらずいぶんと落ち着きましたよ」

「それはよかったです」

「彼女が供述を変えたことはご存じありませんよね？」

右京がかまをかけた。蒔子は嘘がつけない人間だった。右京が蒔子の表情を読んだ。

「おや、ご存じですか？」

「いえ……し……知りません」

「弁護士の接見とは違って一般の面会には立会人がつくし、とりわけ事件の話はできませんからね。まあ、お母さんがそんなこと、知ってるわけありませんよね」

亘のことばを聞いて、蒔子はうろたえた。

「ええ……知りません。静さん、供述ば変えたとですか？」

右京が蒔子に話しかけた。

「善人は正直。そして正直は顔に出ます。あなたは嘘が大の苦手。およそ人を騙すことなどできない。我々は朱音静が買収されて、供述を変えたのだと睨んでいます」

亘が右京に続いた。

「ところが肝心の金銭授受の痕跡が見当たらない。けど、それなくして、彼女が供述を変えるなんてあり得ない」

「そんななか、思い当たったのがあなたの存在なんですよ。あなたが朱音静の代わりに金銭を受け取ったのではないか。あなたには絶大な信頼を寄せているはずですから、彼女は安心して供述を変えたのではないかと……」

右京に見破られ、蒔子は懸命に否定した。

「なんのことかさっぱり……。侮辱です！　わたしが買収の片棒ば担いだなんて……。お帰りください。もう二度と会いません！　静さんと一緒。わたしもあんた方、面会拒絶です！」

幸矢のアパートを出たところで、亘が右京に言った。

「図星でしたね。でも強制的に調べる材料はない」

「しかし、どうしたことでしょう。あのお母さんが嘘に加担するとは。そういうことは到底できない人と思っていましたが……」

「なんだかんだ言って、朱音静の将来には金が必要です。そんなの、お母さんだってわかってるはずです。間違いなく買収金額は大金でしょうから」

「正直者であることと、朱音静の将来を、天秤にかけたということでしょうか」

「娘の将来を思わない親はいません。もうすっかり本当の親ですもんね、あのお母さん」

亘が蒔子の心の内を推し量った。

特命係のふたりを追い返した蒔子は、幸矢の遺影を見ながら、三カ月前、中郷都々子が初めて訪ねてきたときのことを思い返していた。弁護士身分証を示しながら、「らしくないけど安心して。本物だから」と自己紹介した都々子は、部屋に上がって、買収金を受け取るよう頼んできたのだった。

思いがけない提案に蒔子は「わたしが？」と訊き返したが、都々子は本気だった。

「そう。受け取ってほしいの。そして、間違いなく入金されたことを朱音静に伝えて」

都々子はそう言うと、バッグからレポート用紙を取り出した。

「これ読んで。彼女があなた宛てに書いたの。普通に書くと検閲受けちゃうから、接見室でわたしとふたりきりのときに書いた。今回の事情が書いてあるでしょ？　筆跡を疑うなら、彼女からの手紙、何通かもらってるんでしょ？　確認してみて」

蒔子は手紙を開いた。手書きの文字はところどころ×印で消されていた。

「学がないせいかしら、下手くそな文章だけど、意味はわかるでしょ？　見てのとおり字だって汚いし、その上、何カ所も書き間違えて消してるし。特に最後の、『あたし、あやまちの中にこそ真実があると思うの』ってくだり、なんかポエム？　傍線まで引いちゃってて、ウケるんだけど」

　都々子の物言いに反感を覚えた蒔子だったが、よく読むうちに、手紙に込められたメッセージに気づいた。

　そして、次に面会に行ったとき、蒔子は静に言ったのだった。

「あなたの言うとおりにしてみるわ」

　静が確認した。

「全部、わかってくれた？」

「うん、全部」

「よかった……」

　不安を隠せないようすの蒔子に、静は言った。

「でも、できるやろか？」

「平気よ。お母さん、普通にパソコン使えるもの」

　意を決した蒔子は、幸矢の部屋に戻って、パソコンを起動したのだった。

　蒔子が回想を終えて、息子の遺影に目をやったとたん、今度は先ほどの右京の声が耳の中に蘇った。

　――あなたは嘘が大の苦手。およそ人を騙すことなどできない。

　蒔子は思わず頭を抱えた。

五

二〇二一年三月――。

右京と亘が指定された公園で待っていると、万津蒔子が息を切らして走ってきた。

亘が笑顔で迎える。

「面会拒絶が解けて、また会えて嬉しいです」

「ええ」右京も同意した。

「で、我々に話って？」

亘が訊くと、蒔子が顔を歪めた。

「わたし……わたし、とんでもなかことしました。わたし……」

亘がなだめた。

「落ち着いて。とんでもないことって？」

「お金ば、使い込んだとです」

「はい？」右京が訊き返す。

「静さんの代わりに受け取ったお金、使い込んだとです。とんでもなかことに……。取り返しのつかんことに……」

右京と亘は顔を見合わせた。

蒔子の話を聞いたふたりは、とあるカフェに加西周明を呼び出した。

「いらっしゃいましたよ」

右京が亘に声を掛けた。加西が笑みを浮かべてカフェに入ってきた。

「相変わらず晴れ晴れとした顔……」

亘のことばに、右京が応じた。

「『この世をば　我が世とぞ思う望月の　欠けたることもなしと思えば』」

亘もその和歌を知っていた。

「藤原道長（ふじわらのみちなが）」

「そんな心境なのでしょうかねえ」

加西は特命係のふたりがそんな話をしているとも知らず、途中でウエイトレスになにかオーダーしてから、テーブルに着いた。

「元気そうだね」

「おかげさまで」と亘。

「しかし、あなたほどではありませんよ」

右京が言うと、加西は苦笑した。

「皮肉も健在だ」

「華麗にスルーしてください」

亘のことばをスルーして、加西が身を乗り出した。

「話って？　直接会って話したいなんてわがまま言った以上、よっぽど面白い話じゃなきゃ承知しないよ」

「まあ、ざっくり言うと、殺し屋があなたを狙ってます」

亘の口から飛び出したひと言は、加西を戸惑わせた。

「はあ？」

右京が補足した。

「どうやらキャンセルは利かないようで、あなたを仕留めようと動き出したようです」

加西は声をあげて笑いはじめた。

「なに言い出すかと思ったら、殺し屋？　俺を？　どうしてさ？　まさかゴルゴ？　あっ、ヒットガールか？　ああ、おかしい。これは傑作だ！　参ったな。こんな面白い話だとは思わなかったよ。俺の負け。認める。敗北。降参！」

加西はひとしきり笑うと、目尻の涙を拭い、真顔になってふたりを睨んだ。

「ふざけんなよ、お前ら」

蒔子は右京と亘に、加西周明を殺すよう、独断でネットで殺し屋を雇ったと訴えたのだった。それを聞いても、加西はまるで信じなかった。

「人に恨まれる覚え、ないんだけどなあ……。で、なに？　ふたりして、僕を殺し屋から守りに来てくれたってわけ？」

　加西の皮肉に、右京は生真面目に応じた。

「いま、この瞬間にも危機が迫っている可能性がありますからねえ。一刻も早くこの事態をお耳に入れようと、こうしてお目にかかった次第ですよ」

「なんならボディガードで雇ってあげようか？　もちろんギャラは弾むよ。いいバイトになるんじゃない？」

「あいにく、公務員は副業禁じられてますんで」

　亘も真面目に答えると、右京が提案した。

「我々がボディガードなどするよりも、もっと確実に安全を確保できる方法がありますよ。特別にお教えしましょうか？」

「ぜひ」

「警察へ出頭なさってください。真実を話せば、瞬く間にあなたの安全は確保されます。留置場や拘置所、さらには刑務所まで、この上なく安全です」

　加西が顔をしかめた。

「語るに落ちたな。僕をビビらせて捕まえようって魂胆だろ？　その手は桑名(くわな)の焼きはまぐり、ってやつだ」

「我々、そんな漫画みたいなことしませんよ」

右京は否定したが、加西は特命係のふたりの腹が読めなかった。

「どうかな？」

「するかも」亘が認めた。

「だろ？」

右京が亘を睨んだ。

「たしかに現時点、百パーセントの確証はありませんが、かといって笑って聞き流せる証拠もない。つまり可能性が捨てきれない以上、標的であるあなたにお知らせしておくべきと、判断したわけですよ」

「ふーん、それはご親切に」

加西が言ったとき、ウエイトレスが加西のオーダーしたパフェを持ってきた。

「失礼します。お待たせいたしました」

「ああ、ごめん。僕、もう帰るから、これ下げて。もちろんお代は払うよ」

「かしこまりました」

ウエイトレスが去ると、加西は右京と亘に命じた。

「家まで護衛、頼む」

「はい？」

「だって、君らの懸念どおりなら、僕、帰る途中に殺されちゃうかもしれないだろ？　そんなことになったら、君ら、責任問題だろう」

「どうですか？」亘が右京の意向を確認した。

「少なくとも寝覚めは悪いぞ」

加西に重ねて言われ、右京も「たしかに」と認めた。

「だから、責任持て」

加西が愉快そうに命じた。

その頃、刑事部長室では中園が内村に報告をしていた。

「ヒットマンだと？」

苦虫を嚙み潰したような顔の内村に、中園が頭を下げた。

「はあ。にわかには信じがたい話でして」

「どこからの情報だ？」

「それが特命のようで……」

中園がハンカチで額に浮いた汗を拭った。

伊丹と芹沢は取調室で、蒔子と向き合っていた。伊丹が半信半疑で訊き返した。

「あなたが殺し屋、雇ったって？」

蒔子は必死だった。

「なんとかして止めてください。お願いします！」

「インターネットの闇サイトで、殺し屋探して雇ったっていうんですか？　よくそんなもんで探し当てましたねえ」

「正直、見つかるとは思いませんでしたけど、思いの外、あっさりと……」

蒔子が言うには、闇サイトを見ていると、いきなり「誰を始末したい？」というメールが届いたのだという。

芹沢が質問する。

「殺し屋とやり取りしたメール、残ってます？」

「時間が経つと勝手に消えちゃって……」

「ああ、相手、ハッキング技術あるみたいだな」

伊丹のことばを受けて、芹沢が蒔子に説明した。

「その殺し屋、お母さんのパソコンに、勝手に出入りしてたんじゃないかな？」

伊丹が質問した。

「で、そいつはいくらで殺し、請け負ったんです？」

「えっ……二千万円です」

「二千万……。安いんだか高いんだか、わからねえな……」

「そのお金、殺し屋が動き出したってことは、もう払ったんでしょ？」

芹沢が尋ねると、蒔子はうなずいた。

「ええ、半分。残りの半分はあとでいいって」

「金の受け渡しは？」伊丹が訊いた。「どうやったんです？」

「四谷の中央通り公園のゴミ箱に捨てました。お金を新聞紙に包んで、コンビニの袋に入れて捨てろって指示されたので、そのとおりにしたら、間違いなく受け取ったって連絡来て、あとは朗報を待てって……」蒔子が急に立ち上がり、伊丹にすがりついた。

「わたしが悪かとです！　お願いします！　殺し屋ば、止めてください！」

芹沢がなだめようとする。

「はいはい、大丈夫です。落ち着いて。ねっ。座ってください」


右京と亘が警視庁の地下駐車場に戻ってくると、向こうから鑓鞍兵衛が秘書を伴ってやってきた。

「これは甲斐さんとこの若い衆じゃないの。先行っててちょうだい」鑓鞍は秘書を去らせると、右京に訊いた。「相変わらず勝手気ままにやってんの？」

「恐れ入ります」右京がお辞儀をした。「お元気そうで」

鑵鞍が亘に言った。

「君はそろそろキャリア官僚くささ、抜けたかしら？」

「もうとっくに。一兵卒として頑張っております」

「相変わらず言うことが適当だねえ」

愉快そうに笑う鑵鞍に、亘が訊いた。

「今日はどんなご用事で？」

「そんなのは余計なお世話でしょ？」

軽くいなされ、亘は頭を下げた。

「これは失礼しました」

「まあ、好き勝手にやるのはいいけどさ、少しは甲斐さんの言うことも聞いてあげなさいよ。甲斐さん、困ってたよ」

「そんなことを先生に？」

目を丸くする右京に、鑵鞍は言った。

「いや、言わないよ。言わないけどさ、私の耳は心の声まで聞こえてきちゃうから。なんてったってほら……」

亘が先に言った。

「すごいお耳ですね」

「大したもんだろ？　それじゃあ、また」

立ち去ろうとする鐺鞍を、右京が左手の人差し指を立てて引き留めた。

「ああ、ひとつだけ。実は半年ほど前、逮捕寸前までいっていた被疑者が、副総監の鶴のひと声で逮捕取りやめになったんですよ。逆らえない力、すなわち圧力で逮捕が握り潰されたというのがもっぱらの噂なんですが、ひょっとしてその圧力というのは鐺鞍先生、あなただったのではないかと思っていましてね」

亘が右京に確認した。

「先生が加西の逮捕を見送らせた？」

「のではないかと、ずっとモヤモヤしていたんですが、せっかくこうしてお目にかかったので、思い切ってお尋ねしています。ご無礼は重々承知。間違っていたらお叱りを覚悟の上で。違いますかね？」

「ご無礼なのはいつもどおり。叱ったところで、こたえやしないしね。で、君はなんでそう思うの？」

右京が説明する。

「甲斐さんが副総監と会ったときに、副総監は甲斐さんに、我々のことを『おたくの若い衆』と言って、釘(くぎ)を刺したようなんですよ。我々を指して『若い衆』とおっしゃるのは、いままで先生以外にいらっしゃらなかったものですからね、副総監がなぜ急にと不思議に感じて、やがてふと思い至ったのが口調の伝播」

「口調の伝播？」

亘はそのことばを知らなかった。

「ええ。直前、もしくはごく直近に会っていた人物の口調や、使っていた特徴的な表現が耳に残っていて、思わず自分も使ってしまうという現象ですよ」

右京の説明で、亘も理解した。

「副総監は鶴のひと声を発する前、鑓鞍先生に会ってて、鑓鞍先生の『若い衆』が甲斐さんの前で口をついて出た」

「ええ、そうだったのではないかと思い至ったわけですよ」

鑓鞍の瞳が鈍く光った。

「さすが抜け目ないねえ」

「先生が副総監に圧力を？」亘も重ねて訊く。

「圧力をかけるなんてそんな野暮なまね……。これでも伊達者で通ってるのよ。まあ会って、加西周明の話はしたけどね。でも圧力なんて、いっさいかけちゃいませんよ」

「つまり副総監の忖度、ということでしょうか？」

問いかける右京に、鑓鞍が言った。

「そんなことは本人に訊きなさいよ。ああ、せっかく加西の名前が出たから、特別に教えてあげよう。なんとまあ、殺し屋が彼を狙ってるんだってさ。驚いたでしょう？」

確かにふたりは驚いた。鐺鞍が殺し屋の件を知っていることに。右京が探りを入れた。

「その情報はどこから？」

「内調の情報だから、確度は高いと思うよ」

そう言って鐺鞍は、迎えに来た秘書の車に乗り込んだ。

右京と亘が内閣府庁舎の一階ロビーで待っていると、柾庸子がやってきた。ふたりはディープフェイクの映像に関わる事件で、庸子とは面識があった。

「お待たせしました」

右京と亘は一礼をして迎えた。

「突然申し訳ありませんでしたね」

「正直、面会できると思わなかったんですけどね」

庸子は意外なことを言った。

「むしろお目にかかりたいと思ってました。こちらから連絡する矢先でした」

庸子は内閣情報調査室のフロアに移動し、ふたりを会議室に招じ入れた。庸子は蒔子が雇った殺し屋がわかったと打ち明けた。

「正体はつかめてるんですか？」

亘が訊くと、庸子はスクリーンに画像を数枚投影した。四谷の中央通り公園のゴミ箱とそれをあさるホームレスのような身なりの人物が写っていた。その人物の顔はフードで隠れていた。

「内調の職員の撮った報酬受け取りの場面です。このあと尾行しましたが、残念ながら途中で見失いました。ですので殺し屋の存在が確認できたのみです」

「で、我々に会いたかったというのは？」

右京が問うと、庸子が提案した。

「情報を共有しませんか？」

「はい？」

「おそらく目指すゴールは同じだと思うので。不当に罪を逃れた加西周明に相応の罰を与えたい。違いますか？　そのために動いていたところに予期せぬ殺し屋騒動。おふたりにとってはこの殺し屋の件、いわば捜査過程での副産物だった。私たちも一緒です。まさか、この案件に殺し屋が登場するなんて夢にも……」

「つまりこうですか？　内調でも昨年の加西不逮捕の件を不当ととらえて、内偵調査していた」

「ええ。相応の罰を与えるために。彼には裁きが必要です」

「当然、あなた方が独自に動くはずはありませんから、そういう指令が下ったということですね？　然るべきところから」

「その点についてはお答えしません」

会議室でのやりとりは、監視カメラを通じて、栗橋東一郎がモニタリングしていた。

その頃、出雲麗音は広報課長の社美彌子を会議室に呼び出していた。

「加西周明の警護を副総監に要請したそうです」

麗音のことばを聞いて、美彌子が言った。

「突然のことに警備部が騒いでるって聞いたけど、そう、鑓鞍先生の差し金だったのね。で？　そんなこと聞かせるためにわたしを呼んだの？」

「いえ」

「なに？」

「わたし、いま、殺し屋に加担したい気分です！　ズルして逮捕されなかったんだから、もしも殺し屋にやられたとしても自業自得！　少なくとも警察が人員を割いてまで守ってあげるなんて、納得できません！」麗音が感情を爆発させた。「……なんて子供じみた警察官失格のたわ言を誰かにぶちまけたくて呼びました。でも誰かっていっても、こんなこと言えるの、課長以外に思いつかなくて……すみません」

冷静になって頭を下げる麗音の背中に、美彌子が手を当てた。

「痛いときは我慢せず、痛いってことばに出したほうが、痛みが和らぐそうよ。いくらかでもわたしが役に立つのならば幸いだわ」

六

万津幸矢の部屋に捜索が入った。鑑識課の益子桑栄はデスクに載っていたパソコンを指差して、部下に命じた。

「これ、運んじゃってくれ」

芹沢はデスクの引き出しを開けた。数冊の預貯金通帳が現れた。

「おっ！　ありましたよ。言ってたとおりここに。それとこんなものが」

こんなものとは大量の封筒だった。伊丹は芹沢から受け取った封筒の表と裏を確かめた。

「そっち、差出人あるか？」

「差出人は……ないですね。宛名はみんなお母さん宛てですね。全部同じシールで。二十七、二十八、二十九……全部で三十通」

副総監室では、内村が衣笠に嚙みついていた。

「いくらなんでも、いますぐに加西周明を警護対象にすることには、法的根拠がない。

適正手続きを蔑（ないがし）ろにしては、正義は遂行できません」

「そろそろ目を覚ましたまえよ」

衣笠の口から出たひと言の意味がわからず、内村は「はあ？」と漏らした。

「いい加減、正気に戻れと言ってるんだ」

そのときノックの音がして、中園が入ってきた。

「失礼します。あっ、部長！」中園は内村の姿に驚きつつも、衣笠の前に立った。「お呼びでしょうか？」

「彼を連れて帰ってくれ。しつこくてかなわん」

警視庁の鑑識課に戻った益子は、青木を呼んで押収してきたパソコンを渡した。

「こいつ、取り急ぎ調べてくれ」

「承知しました」

青木がそう答えたとき、スマホの着信音が鳴った。亘が、柾庸子から預かったホームレスのような身なりの人物の写真を送りつけてきたのだった。

「冠城亘……」青木が歯噛みした。

取調室では、伊丹が押収してきた預貯金通帳を蒔子に突きつけていた。

「これで全部？　じゃないよね？　まだあるはずだよね？　朱音静の代理で受け取った、金の入った通帳は？」

ところが、しばらく待っても蒔子はなにも答えようとしなかった。芹沢が思わず声をあげた。

「えっ？　この期に及んで黙秘？」

「やあ。よく来たねえ。さあ遠慮なく」

官邸の官房長官室では、鶴田翁助が両手を広げて右京と亘を迎え入れ、ソファを勧めた。そしてふたりの正面のソファに深々と腰を沈めた。

「もちろん殺し屋の件は承知しているよ。けしからん話だ。復讐に殺し屋を雇うなんて言語道断だね」

亘が厳粛な面持ちで口を開いた。

「もちろん厳しく糾弾されて然るべきです。しかし元はと言えば、加西周明が逮捕を逃れたことに端を発している」

「その件もけしからんね。同じく言語道断だよ」

右京も生真面目な顔で来意を述べた。

「そんな官房長官の命を受け、内調が動いていると理解して、我々こうしてうかがいました」

「加西周明という人物には、しっかりと罰を与えにゃあね」

「ええ」

「そんな思いで内調に調査を命じたんだが、君たちも動いているという報告を受けてね。そういうことならば、ぜひ力を合わせたほうがよかろうと、柾庸子くんに話したんだよ」

「なるほど」右京がうなずいた。

「柾くんには過去に多少の遺恨もあろうが、だからといって今回、敵対し合う必要はないからね。そうだろう？」

「たしかに。ですが、遺恨ということであれば、官房長官、あなたにもありますよ」

「あっ、そうかね？」鶴田はとぼけ、わざとらしく笑った。「君のそういう物怖じしないところは、天然記念物の風情がある」

「恐縮です。よく意味はわかりませんが」

「ほらね。そういうことを平気で言う」

亘が頭を下げた。

「度重なるご無礼、どうかご容赦を」

「そう、それ！　君のその上っ面のフォローもだ。そんなふたりのコンビネーションを、鐙鞍先生がいたく気に入ってらっしゃるようでね。『甲斐さんとこの若い衆』って、よーく話題に上ってますよ。ああ、そうだ。鐙鞍先生といえば、今回、衣笠くんに逮捕状の執行停止を働きかけたの、先生じゃないかな？　いや、もちろん想像だがね」

「なぜ、そうお思いに？」

右京が尋ねると、鶴田は悠揚迫らぬ口調で答えた。

「鐙鞍先生、加西と関係が深いからねえ。いや誤解のないようフェアにいこう。加西は政界に深く食い込んでいて、かくいう僕も無関係というわけじゃない。しかし、加西とそれなりの関係のある人物で衣笠くんを動かせるのは、国家公安委員長の鐙鞍先生しかいないねえ」

官邸から立ち去りながら、亘が右京に言った。

「やはり、加西不逮捕の圧力は鐙鞍兵衛……」

「加西と昵懇だったというのが本当ならば、無視できませんねえ」

特命係の小部屋では、意外なことに角田と伊丹がチェス盤を囲んでいた。芹沢がふたりの対戦を横から眺めている。

「また鶴のひと声のようだな」

「加西周明の警護だなんて無理ありますよ」

角田のことばに、伊丹がそうこたえたとき、部屋の主である右京と亘が戻ってきた。

「おやおや」

「これまた賑やかですね」

「おかえりなさい」

いち早く気づいた芹沢に、角田が続く。

「おかえり。あれだな、チェスってのは駒の動かし方がわからんと、つまらんね」

伊丹はわざわざ立ち上がり、慇懃（いんぎん）に腰を折った。

「お帰りをお待ち申し上げておりました」

「ど……どうしちゃったの？」

亘の疑問はすぐに解消された。取り調べ中の万津蒔子が黙秘を続け、伊丹も芹沢も手を焼いていたのだ。さっそく右京と亘が蒔子の取り調べに当たることになった。

取調室に不安そうに座る蒔子に亘が言った。

「突然黙っちゃうなんて、なしですよ」

「朱音静の代わりにお金を受け取ったという、証拠の通帳を隠しているそうですねえ」

右京が話を切り出すと、蒔子は表情を硬くして言った。

「あれは、わたしのものじゃありませんから」

「あなた名義の通帳ですよね？」

「でも、中身は静さんのですから」

「それ、屁理屈ってもんですが」

亘が指摘すると、蒔子が身を乗り出した。

「あの悪い刑事さんたちに見せても大丈夫でしょうか？」

隣の部屋から取り調べのようすをマジックミラー越しにうかがっていた伊丹は思わず、

「はあ⁉」とのけぞったが、取調室ではそんなことは関係なく、亘が質問していた。

「どうして見せちゃいけないと思うの？」

「没収されたりしませんか？」

不安そうに答えた蒔子に、右京がうなずいた。

「なるほど、そういうことでしたか」

「没収はされません」

亘のことばに、蒔子の表情が緩む。

「そうですか」

「没収じゃなくて、追徴の対象になります」

「えっ？」

意味がわかっていない蒔子に、右京が説明した。

「買収のお金として渡された現金そのものであれば没収の対象になりますが、銀行に入れてしまった時点で、もはや渡された現金そのものではなくなっています」

　亘が補足した。

「そうなると没収という措置は適用できないので、その金額を代わりに取り立てる、つまり追徴」

「どっちみち取り上げられるってことじゃなかですか？」

　ホッとしたのも束の間、一転して顔を曇らせた蒔子に亘が告げた。

「それが法律です」

「ここで意地を張ってもどうにもなりません。無駄な抵抗はよして、肝心の通帳のありか、話していただけますね？」

　右京が諭すと、蒔子はついに折れた。

　蒔子は通帳をとある銀行の貸金庫に大事に保管していた。蒔子が通帳を取りに行く間、特命係のふたりと捜査一課のふたりは待合室で待機していた。

「通帳って、加西が朱音静を買収して供述を変えさせた証拠ですよね。となると、扱いが厄介ですよ？　そこに触れるの、御法度ですもん」

　芹沢が伊丹に向かって放ったことばの意味を、亘はよくわかっていた。

「衣笠副総監に弓引くことになりますもんね」

「しかし、いまの内村部長なら褒めてくださるのでは？」

右京の推測を無視して、芹沢は伊丹に訊き直す。

「ねえ、先輩」

「なんの話だ？　俺たちはいま、加西殺害を企てて殺し屋を雇ったという被疑者を調べているだけだ。殺し屋に前払いした一千万円が確認できれば十分。その金の素性には興味ない」

芹沢はようやく納得した。

「あ、なるほど……」

「まあ、こちらのおふたりさんは、その素性に興味がおありのようだがな」

伊丹に当てこすられたふたりのうちのひとりが認めた。

「ええ、大いに興味が。しかし、敵もそんなすぐに足のつくようなまねはしないでしょう。芹沢くんのように、通帳が直ちに買収の証拠になるとは思っていませんがね」

もうひとりがぼそっとつぶやいた。

「謎の約一カ月半……」

「不気味で不思議な保留期間。むしろその解答が、通帳にはあるような気がしますがねえ」

右京が言ったとき、蒔子が通帳を持って部屋に入ってきた。伊丹が通帳を開いて確認した。十一月から十二月にかけての平日の三十日間、連続して毎日二千万円前後の入金があった。最後に一千万円が引き出され、現在の残高は五億九千万円強になっている。

「この額だと、ＡＴＭじゃなくて窓口で預け入れだな」

伊丹の手元をのぞき込み、芹沢は毎日の入金額に着目した。

「でも、金額が一定じゃないですね。一回およそ二千万……。これ、なんで額が一定しないの？」

蒔子に疑問をぶつけた芹沢を、伊丹が小突いた。

「それをお前が訊くな。俺たちはそこには興味ない」

「あっ、そうでした」

伊丹が蒔子に質問した。

「この日に下ろしてる一千万円、これが殺し屋への前払い金だな？」

「そうです」

「それを聞けりゃいい。続きはご自由にどうぞ」

通帳を蒔子に返して、部屋の隅に下がった伊丹と芹沢に代わって、亘が訊いた。

「それ見ると、お母さん、毎日のようにコツコツ貯めて一カ月半、総額でおよそ六億。気持ちよくぴったり六億といかないのは、さっき芹沢刑事の指摘があったように、金額が二千万円前後で一定しないから。どうしてこういうことに？」

「受け取るのが現金じゃなくて、約束手形だったから。毎日、郵便で送られてきて……」

右京はすぐに理解した。

「なるほど。それをあなたは手形割引で現金化して、口座に入れていたわけですね。むろん、審査が厳しく、現金化に時間のかかる銀行などではなく、即断即決の手形割引業者で」

「そうです」蒔子がうなずいた。

「ちなみに、受け取っていた手形の額面は、二千三百万円ぐらいでしょうかね？」

蒔子は手品師でも見るような目で、右京を見た。

「どうしてそれが？」

「業者では、割引率にかなりの幅がありますからねえ。銀行並みに三パーセントのこともあれば、二十パーセントになってしまうこともある。手形の支払期日の設定などで変わってきます」

亘もようやく理解が追いついた。

「なるほど。だから金額が一定しない」

「つまり均(なら)して二千万円、それを三十回で総額六億円」

部屋の隅にいた伊丹が一歩前に出た。

「そんなしち面倒くさいことをしたのは、目眩ましのため？」

「ええ。六億というお金、一括にしろ分割にしろ、振り込みでは簡単に出どころを特定されてしまいます。だから直接手渡しで、本人に入金させたかったわけですが、現金を受け渡すというのもさまざまな痕跡を残してしまう」

「たしかに……」

納得する伊丹に、芹沢が注意した。

「先輩、興味持っちゃ駄目」

「あっ……」

右京が蒔子に改めて訊いた。

「先ほど、毎日郵送されてきたとおっしゃいましたが、書留などではなく、普通郵便ですね？」

「そうです」

「差出人は書かれていませんね？」

「はい」

伊丹と芹沢はこの会話で、幸矢の部屋にあった、差出人の名前がない三十通の封筒の中身がなんだったのか、遅まきながら気づいたが、口には出さなかった。

右京がからくりを説明する。

「有価証券である手形を普通郵便で送るというのは、多少のリスクは伴いますが、送ったという証拠が残りませんからねえ。まさしく目眩ましのための普通郵便ですよ」

「改めて確認しますが、この件、あの弁護士から依頼を受けてたんですよね？」

亘が質問すると、蒔子は「ええ」と答え、そのときの状況を語った。中郷都々子は突然蒔子を訪ねてきて、静からの手紙を渡した。その際、字が汚いだの誤字が多いだの、手紙のことをさんざんこき下ろしたという。さらに、朱音静の代理で金を受け取り、入金があったことを静に伝えるよう依頼したのだった。

右京が推理を働かせた。

「その際、あなたは、朱音静の手紙を読んで代理になることを決心した」

「はい」

「よこしまな金銭とわかっていて受け入れた。およそあなたらしくありませんが、朱音静の将来を思えばこそ……いわば親心。しかし、ひとつ疑問が」右京が左手の人差し指を立てた。「あなた、殺し屋を雇うことを独断で決めたとおっしゃいましたが……」

右京のことばを遮るように、蒔子が主張した。

「汚かまねして罪を逃れようとする加西周明、許せませんから」

「その気持ちはよくわかります。だからといって、あなたが殺し屋を雇うとは、飛躍しすぎて目眩を起こしそうなんですよ。殺し屋など、リアルとヴァーチャルを行き来していた朱音静の思いつきそうなことですからねえ。彼女の提案だというのならば合点もいくのですが……。そうは思いませんか?」右京は伊丹と芹沢に声をかけてから、蒔子と向き合った。「実はあなたから殺し屋の件を聞いて以来、この点がずっと引っかかったままなんですよ」

伊丹が咳払いした。

「警部殿の慧眼には常々感服致しておりますが、ただいまの『殺し屋朱音静提案説』は、ちょっと無理があるんじゃありませんかねえ。なあ?」

同意を求められた芹沢がことばを継いだ。

「うーん、面会は立会人監視のもとだし、殺し屋を雇うなんて物騒な話、できっこありませんよ」

蒔子が芹沢の意見に飛びついた。

「そうです。そのとおりです」

しかし、右京は信じていなかった。

「面会だけでなく、朱音静とは手紙のやり取りもしていましたよね」

芹沢が異を唱えた。

「いや、手紙だって拘置所の職員が内容を検めますからね」

「ですが一通、特別な手紙がありましたよね。中郷都々子弁護士が運んできた手紙です。それをぜひ、僕も読んでみたくなりましてね」

右京のことばを、亘が継いだ。

「実は我々、押収された差出人名のない封筒を見せてもらいに、鑑識へ行ったんですけどね、けんもほろろ。今回は釘を刺されているのでいっさい見せられないって突っぱねられました」亘が伊丹と芹沢に言った。「おふたりのお触れが回ってるのはわかってるんです。意地悪しないで閲覧許可ください。いまの話、聞きましたよね？真相知りたいですよね？」

と、突如蒔子が出口のほうへ歩き出した。

「わたし、これで失礼します」

「ちょっとお母さん、待ってよ。勝手は困るよ」

引き留めようとする芹沢に、蒔子が言った。

「任意同行というのは、帰りたいとき帰れるって聞いています。そうですよね？」

「おっしゃるとおり。ですが……」

蒔子がまた右京のことばを遮った。

「それとも、こちらの悪い刑事さんたちは、ルールば守らんとですか？　わたしを捕まえたければ、逮捕状持ってきなさい！」蒔子は力強く宣言したあと、「ドラマで覚えた台詞(せりふ)です」と付け加えて、出口へ向かう。

「ちょっとお母さん！」

再び呼び止める芹沢を、伊丹が制した。

「よせ。殺し屋雇って、殺人くわだてりゃ、殺人予備罪だが、現時点でまだその証拠はない。逆に、殺し屋を名乗る野郎に詐欺(さぎ)に遭ってる可能性すらある。どっちにしろ、無理やり拘束はできねえよ」


右京と亘は、蒔子を追って幸矢の部屋までやってきた。

「逮捕状がなかとなら、お帰りください」

蒔子は抵抗したが、亘が「捕まえに来たんじゃありませんよ」と安心させ、右京が
「大事なことをお伝えに。さっき話そうとした矢先、帰ってしまわれたものですからね」

と説明すると、蒔子はふたりを部屋に入れた。

「大事なことってなんでしょう？」

不安そうな蒔子に、右京が告げた。

「例の通帳の六億円、ふいになる可能性があります」

「追徴のお話なら聞きましたけど」

「そうじゃなくて、追徴の前に、あの六億、消えちゃうかも」

亘が言うと、蒔子は「えっ？」と目を瞠った。

「不渡りですよ」右京が説明する。「手形割引において、手形が不渡りとなった場合、裏書人（うらがきにん）が買い戻さなくてはなりません」

亘がわかりやすく補足した。

「まあ平たく言えば、不渡りになっちゃうと、お母さんが手形を買い戻さなきゃいけないってこと」

「これは単純に約束手形のリスクについてお話ししているのではありません。もともと、今回の取引には不渡りが仕組まれていたのではないかと思いましてね」

右京に言われ、蒔子が心配そうに訊き返す。

「仕組まれていた？」

「ええ。手形を使ったのは、金銭の出どころをわかりづらくする、目眩ましのためとあわせて、不渡りにすることで、お金を払わずに済まそうという魂胆なのではないかと」

亘が続いた。

「朱音静に証言を変えさせれば、目的は達成。なにもバカ正直に大金払う必要ないわけですよ」

「そういう意味からも、買収金の支払いに手形を使うのは、都合よかったに違いありません」

右京の話がじんわり頭に入ってきた蒔子の口から、「そんな……汚か……」というつぶやきが漏れる。

「悪銭身につかず」

亘に言われて呆然とする蒔子に、右京が微笑みかけた。

「お持ち帰りになった通帳、ご提出いただけますね？　令状はありませんので、任意提出ということで」

七

その頃、警視庁の副総監室では、内線電話を受けた衣笠が予期せぬ事態に色を失っていた。

「なんだと⁉」

衣笠が驚くのも無理はなかった。加西周明が七人の屈強なボディガードを引き連れて、警視庁の庁舎にやってきて、一階のロビーで待っているというのだ。加西は衣笠との面会を求めていた。

加西はソファに悠然と腰かけ、ボディガードのひとりに気安く声をかけた。

「コーヒー飲みたいな。ねえ、どっかでコーヒー頼んできてよ」

「コーヒーですか？」

ボディガードが困惑していると、ひとりの女性がつかつかと歩み寄ってきた。出雲麗音だった。

「お持ちしましょうか？　コーヒー」

「本当？　頼むよ！」

なんのためらいもなく応じる加西を、麗音が睨みつけた。

「その前にひとつ。標的にされて九死に一生を得た白バイ警察官に対し、いま、どんなお気持ちなんですか？」

ボディガードたちが気色ばむなか、加西は笑みを浮かべて言った。

「人違いじゃありませんか、お嬢さん」

そこへ首席監察官の大河内春樹が現れた。

「戻れ、出雲。あとは私がやる」

麗音は唇を嚙みしめて立ち去りかけたが、ふいに振り返って、加西に飛びかからんばかりに詰め寄った。

「ぞろぞろ引き連れて、このチキン野郎……！」

ボディガードが麗音を取り押さえ、大河内が「出雲！」と一喝する。麗音は大河内に一礼してその場を去った。その背中に射るような視線を浴びせる加西に、大河内が言った。

「失礼しました。警務部の大河内です。私がご用件を承ります」

「副総監は？」加西は不機嫌そうに応じた。

「突然いらしても、時間が取れません」

大河内が有無を言わせない口調で返した。

社美彌子は同じ頃、とある公園で柾庸子と会っていた。美彌子は内閣府の情報調査室に出向していた時期があり、庸子とは面識があった。

「もちろん加西周明の件よ。わたしも協力するわ。特命係とは親しいの」

美彌子が言うと、庸子は「知ってます」と答えた。

「さすがね。特命係から聞いたのよ。内調も動いてるって」

「勝手知ったる古巣の内調に探りを入れてきてほしいとでも頼まれましたか。杉下さんも冠城さんも、わたしを全面的に信じているはずありませんから」

「ええ、そのとおり。なにか魂胆があるはずだから探ってほしいって」美彌子があっさり手の内を明かした。「でも、それで来たんじゃない。あなた方、当然うちの勢力図はわかってるでしょ。加西周明を罰するということは、正義を果たす以上に、わたしには意味のあることなの」

「なるほど」庸子が点頭した。「副総監を追い詰めたいわけですね。加西を罰することイコール、衣笠藤治を糾弾することになる」

美彌子は答えなかったが、その表情は庸子の読みが正しいことを物語っていた。

加西たちが引き揚げた後、衣笠は大河内から報告を受け、怒りをぶちまけた。

「警護を断るだと？　バカか、あの男は！」

大河内が訂正する。

「おことばですが、バカではありません。大バカです」

衣笠は鼻を鳴らした。

「じゃあ、その大バカ野郎から顔に泥塗られた私はなんだろうね？　ピエロか！」

特命係の小部屋に戻った右京と亘に、角田が一階ロビーでのできごとを話した。

「身辺警護を断りに来た？」

訊き返す亘に、角田が伝えた。

「一階でひと悶着だそうだ。お前さんたち、もう少し早く帰ってくりゃ現場に出くわしたのに、残念だったな」

そこにノートパソコンを携えた青木が入ってきた。

「現場見たけりゃ見せてやるぞ」亘に言った後、右京の意向を確かめる。「見たいですか？」

「見られるのなら、ぜひ」

「おお、俺も見たい」角田も同調した。

さっそく青木が一階のできごとをスマホで撮影した映像を、パソコンで再生した。コーヒーを要求する加西のところへ麗音が現れると、亘の口から思わず「出雲⁉」と声が漏れた。

青木が嬉しそうに報告した。

「現れたときは、どうなることかと思ったぞ。ついに両者、相まみえたわけだからな」

「うん、わかる」と角田。「逃げおおせた仇（かたき）が目の前にいるんだからな。緊張が走るな、こりゃ」

右京と亘は会話に加わらず、黙って映像を見つめていた。

朱音静はいつものように拘置所に面会に来た蒔子の顔を見て言った。

「どうしたの？　なんだか今日、元気ない」

蒔子がごまかした。

「ううん。ちょっと疲れたとよ」

「無理しないでね。そんなに頻繁に会いに来てくれなくても、わたし、平気だよ」

「大丈夫」

静が背後の刑務官を気にしながら訊いた。

「そういえば……順調にいってる？」

「う……うん……もちろん」

「結果が楽しみ」

蒔子は無理やり笑みを浮かべた。


麗音は捜査一課のフロアで自己嫌悪に陥っていた。壁に寄りかかるようにしてがっくりうなだれている麗音に、芹沢と伊丹が背後から近づいた。

「聞いたよ、武勇伝」

芹沢が耳打ちすると、麗音は「……すみません」と謝った。

「謝るぐらいなら、最初からするな」

伊丹が麗音に言った。

映像を見終わった右京が、麗音の口にしたことばを繰り返した。

「このチキン野郎、ですか」

「ええ」青木が笑った。「なかなかの見ものでしたよ」

「相変わらず悪趣味で。で、なにしに来た？」

亘のことばに、青木がムッとした。

「なんだと？」

「おっ、冗談冗談。で、わかったの？」

「僕を誰だと思ってる？」

青木がパソコンに、四谷の中央通り公園のゴミ箱で撮られたホームレスのような身なりの人物の写真を表示した。角田が黒縁眼鏡(めがね)を上にずらして、顔を近づけた。

「こいつ、何者だ？」

「殺し屋ですよ」と亘。「内調が押さえたんです」

「判明したこと」青木がもったいぶって発表する。「身長およそ百六十センチ。以上！」

「えっ？　それだけ？」

問い返す亘に、青木が不満をぶつけた。

「ああ。年齢も性別も不明。人物特定に繋(つな)がりそうな有力な情報も皆無。そもそもこんな写真だけで、どこの誰かなんてわかりっこないだろう。虫のいいこと言うな、バカたれ！　ああ、あとついでに言うと、これが撮られたのは、三月七日の午前十一時八分。写真データを解析した」

右京が青木をねぎらうように言った。

「君をもってしても、手掛かりがつかめませんか……。ちなみに押収したパソコンからはなにか出ましたか？」

「思ったとおり、バックドアが仕掛けられてましたよ」

青木が苦々しげに答えた。

右京と亘が鑑識課のフロアに行くと、益子が奥から段ボール箱を抱えてきた。

「つまり、乗っ取られてたわけだなあ。万津莳子と殺し屋とのメールのやり取りなんか、いっさい残ってない。遠隔操作で消されちまって再現不能だ。これが押収した手紙類。しかしあんたら、伊丹のどこをどうひねったんだ？　証拠物件全部解禁だとさ。まあ、ごゆっくり」

益子がその場から去ると、ふたりはさっそく段ボール箱を開け、中の手紙を検めた。

やがて右京が、誤字を×印で訂正してある静からの手紙を見つけた。

「目当ての手紙、これで間違いないようです」

その夜、内閣官房長官の鶴田翁助は高級ホテルのスイートルームの窓辺に立ち、東京の夜景を見下ろしていた。

「しかし、大人げないことをするね、加西周明は。あんなことして顰蹙（ひんしゅく）買って、どうする気だろうね。やっぱり甘やかしすぎたかな、あの男。……。聞いてる?」

「もちろん」

パソコンのキーボードを打つ手を止めて答えたのは、柾庸子だった。

「片手間に聞かれてるみたいで嫌だなあ」

「それは誤解です。片手間に仕事（これ）してるんです」

鶴田はため息をつき、ふかふかのソファに腰を沈めた。

「僕だってさ、彼と同じぐらい金持ちだよ。年間十億やそこら自由に使える。領収書不要でね」

「あれはあなた個人のお金じゃない。税金です」

「どんな種類の金だって、金に違いはない。それを使える者の力を担保するのが金ってやつだ」

庸子がようやく顔を上げた。

「こんなところで、加西周明に対抗心燃やして、どうするんですか」

「あの男、あっぱれだと思ってね。金の生み出す力を駆使して、独力、いまの地位を築いたんだ。ある意味、僕なんかより、ずっと優れているのかもしれない。惜しいねえ、身から出た錆（さび）とはいえ、ねえ……」

その頃、加西周明はタワーマンションの自室で、豪華なディナーを楽しんでいた。部屋の隅で女性の出張料理人が調理し、できたてを加西に提供していた。ダイニングテーブルには加西の食事とは別に、弁当が積み上げられていた。加西がボディガードたちに言った。

「食べなよ。最高級の仕出し弁当。遠慮はいらないからさ」

ボディガードのリーダーが加西に申し出た。

「とてもありがたいご配慮ですが、我々、食事は社の規定どおりに済ませますので」

「一緒に食おうぜ」加西がごねる。「これ命令。逆らえば、クビ！」

リーダーが他のボディガードたちに言った。

「いただこう」

同じ頃、右京と亘は家庭料理〈こてまり〉のカウンター席にいた。

そこへ引き戸を開けて社美彌子が入ってきた。

「あら、いらっしゃいませ」

小手鞠が声を弾ませた。

美彌子が席に落ち着き、白ワインに口をつけたところで、右京が美彌子に柾庸子との面会のようすを訊いた。

「とりあえず落ち着かれたところで、さっそくですが、どんな案配でした？」

「当然ですが、全面的に信用はしていないし、こちらが全面的に信用しているとも思っていません」

小手鞠が美彌子に小鉢を差し出した。

「お待ちどおさまでした。はい、どうぞ」

「どうも」美彌子は小鉢を受け取り、続けた。「ですから、カードをすべて晒すようなことはしないでしょう」

亘がワイングラスを掲げた。

「こちらが切るカード次第ですね。要はキツネとタヌキの化かし合いみたいなもんですね」

「ああひとつ」右京が左手の人差し指を立てた。「先方は弁護士カードを持っていそうですか？　それをぜひ知りたいですねえ」

ふたりから返事がないので、右京が亘に訊いた。

「話、見えましたよね、いまの？」

「もちろん」亘がうなずく。

「課長は？」

「ええ、大丈夫よ」美彌子もうなずいた。

「小手鞠さんはどうでした？」

話を振られた小手鞠は戸惑った。

「わたしですか？　さあ、さっぱり。そもそも、わたしにわからないようにお話なさってましたよね？」

「ええ」右京が首肯した。「つまり前提となる話題を共有さえしていれば、十分打ち合わせはできるということですよ」

「そういうことですね」と亘。「たとえ立会人の前でも」

「ここでの待ち合わせはなにか魂胆あってのことと思ったけど、これはなにかの実験かしら？」

探りを入れる美彌子に、右京は「ご協力感謝します」と礼を述べ、猪口（ちょこ）を口に運んだ。

八

翌日、亘は映画館のロビーで中郷都々子と並んでソファに座っていた。都々子は紙コップに入ったドリンクをストローで飲みながら、亘の話を聞いていた。

「君は朱音静の代理である万津蒔子に、せっせと額面二千数百万円の手形を送り続けた。極力足がつかないように普通郵便で。回数にして三十回。手形割引で現金化するから、およそ六億。当然、依頼人は加西周明。朱音静の供述変更を見れば、火を見るより明らか。買収資金も加西のポケットマネーでしょ？　これってほとんど汚職だよね。弁護士倫理に違反する行為だけど」

亘に責められても、都々子はつまらなそうにドリンクを啜るばかりだった。やがてドリンクがなくなり、ストローがジュルジュルと鳴った。亘が右手を差し出した。

「貸して。捨ててくる」

「ありがと」

亘は紙コップを受け取り、立ち上がってゴミ箱に捨てた。その直前、亘がストローだけを抜き取って、ハンカチに包んでポケットにしまったことに、都々子は気づいていなかった。

亘がソファに戻ってきた。

「今回もノーコメントなんだ。ならば、なんでこうしてまた会ったの？　無駄足踏ませる攻撃第二弾？」

「ううん。時間潰し」都々子が笑った。「この映画見ようと思ってたんだけど、中途半端な時間だったの。どうしようかな～って思ってたとき、ちょうど連絡くれたから。じゃあいっか、ここで会おうと思って。次の回までの時間潰し」

「君はまったく屈託なく明快で失敬だね」

「褒めてる？」

「ご想像に任せる。じゃあ」

亘が片手を挙げて立ち上がると、都々子が関心なさそうに声を出した。

「あら？　もう帰っちゃうの？」

「ああ、最後にひとつだけ。朱音静、バカっぽく見えるけど、君よりよっぽどクレバーだよ」

都々子は立ち上がり、亘を睨んだ。

「どういうことよ？」

「ノーコメント」

都々子が立ち去ろうとする亘の腕をつかんだ。

「ねえ、ちょっと！　あの女がクレバー？　わたしより？」

「ヒント、手紙」

亘が耳打ちすると、都々子は急に興味を失ったように、「まあ、別にどうでもいいや」と亘の腕を放した。

右京はその頃、万津幸矢の部屋で、蒔子と対面していた。ふたりの間には、朱音静が蒔子へ宛てた手紙があった。

　右京がその手紙を示して言った。

「中郷都々子弁護士が小バカにしていた手紙。接見室で走り書きのように書いたこの手紙の中に、朱音静はとっさに文面とは別の、あなた宛てのメッセージを仕込みました。簡単な仕掛けですから、虚心坦懐に読めばわかります。事実、あなたもわかったからこそ、加西周明暗殺計画を進めるに至った」

　右京が傍線の引かれた一文を読み上げた。

「『あやまちの中にこそ真実があると思うの』。傍線で強調されたこのセンテンスの意味に気づけば、あとは簡単です。間違って消してある平仮名をたどればいい」

　続いて右京は×印で消された文字を順に指さした。

「ね、つ、と、で、こ、ろ、し、や、と、つ、て、ほ、し、い――ネットで殺し屋雇ってほしい。くどくど書かなくても、これで十分あなたに要望は伝わるはずですからね」

　押し黙る蒔子の心中を、右京が推し量った。

「お気持ちはよくわかります。朱音静にこれ以上、罪を被せたくない。すべて自分の一存ということで済ませたい」

　すると、いきなり蒔子が訴えはじめた。

「わたしの一存です！　息子を間接的に殺したのも加西周明ですから。その仇討ちに殺し屋ば雇ったとです！」

右京は認めなかった。

「残念ながら、その言い訳は通りませんよ。突如だんまりを決め込んでまで、朱音静のお金を守ろうとしたあなたが、一存でそのお金に手をつけるわけがありませんからね」

特命係の小部屋で、亘は右京の首尾を聞いた。

「頑として認めませんでしたか……」

「あくまでも一存だと。で、君のほうは？」

「またしても遊ばれちゃいましたけどね。とりあえず、お土産はもう鑑識に。あと悔しいから最後にかましてやりましたけどねえ」

「はい？」右京が興味を持った。

「ああいうタイプは、サクッとプライド傷つけるに限ります。思わず本音が垣間見える。彼女、手紙の仕掛けに気づいてたと思います」

「やはりそうですか。あの手紙のこき下ろし方の念の入れようが気になっていましたが、お母さんに仕掛けを気づかせるためだったようですね」

「それとなくヒントを与えて、注意喚起したんだと思います」

「つまり中郷都々子弁護士は、朱音静と万津蒔子が殺し屋を雇うかもしれないということを事前に知っていた、ということになりますね」

右京が言ったとき、美彌子が小部屋に入ってきて、情報を提供した。

「さっそく、弁護士カード調べてみたわ。朱音静の弁護人になった中郷都々子、柾庸子と個人的な親交があるわ。ふたり、同郷なの。互いの実家がごく近所で、家どうし、交流があったようよ。ふたりともひとりっ子で、それもあってか、歳の離れた姉妹のような関係だったみたい。中郷都々子は大学時代、柾庸子の部屋に居候(いそうろう)してたようよ」

「そこまで親密にふたりが繋がっているのであれば、殺し屋の件は中郷都々子弁護士から柾庸子へ伝わったと考えるのが自然ですねえ」

右京の話を聞きながら、美彌子はホワイトボードに貼られた写真に目を寄せた。亘が説明した。

「殺し屋です。報酬受け取りの場面」

「ホームレスに化けてるの？」

「まあ、この格好なら、ゴミ箱あさっても怪しまれませんよね」

「どうやって殺すの？」

「えっ？」亘が訊き返した。

「殺し屋は加西をどうやって殺すのかしら？」

亘が苦笑した。

「これまたどストレートな質問」

「だって、殺し屋の手口なんて知らないもの」

「手口がわかれば、誰も苦労しませんよ。しかし、本当にこんな殺し屋が存在するのでしょうかねえ？」

右京が言ったとき、亘のスマホの着信音が鳴った。ディスプレイには「加西周明」という文字が出ていた。亘はスピーカーモードに切り換えて電話に出た。

「ご機嫌いかがです？」

――斜めさ！　殺し屋に狙われてるもんだから、すっかり自由奪われちゃってるんだぜ。

「おことばですが、本来、自由でいることのほうがおかしいんですよ、あなたの場合」

加西は愉快そうに笑った。

――この間、警視庁行ったとき、言い忘れちゃってさ。君たちに言っていい？

「なんでしょう？」

――とっとと殺し屋捕まえろよ！　もしもし？　聞いてる？

「聞こえてます。耳を疑いましたが」

――こっちだって、いつまでも巣ごもりしてるわけにいかないんだよ。わかる？

「そんなこと、我々におっしゃられても……」

——どうして？　君ら、親身に僕を心配してくれて、殺し屋に狙われてること、いち早く知らせてくれたじゃないの。責任持って捕まえるまでやってくれよ。ああ、期限切る。今月の十七日までに殺し屋なんとかしてくれ。

「十七日？」

——鶴田官房長官のお誕生会なんだよ。ごく内輪の。毎年出てるんでね。よろしくね。

加西は言いたいことだけ言って、電話を切った。

「あっ、もし……。どんだけ世の中舐めりゃ、気が済むんだ」

亘が吐き捨てるように言った。

鶴田翁助は官邸の執務室で、柾庸子と電話で話をしていた。

「どうやら来るつもりらしくてね……。いや、招待しちゃいないさ、さすがに今年は」

——でも、ほっとけば涼しい顔して押しかけてくるでしょうね。あの男のことですから。

「まったく同感だ。じゃあ切るよ」

電話を切った鶴田は、応接室のドアを開けて、横柄な態度でソファに座った。

「どうもどうも。お待たせしてしまって。加西周明のことでお話とか。なんでしょう？」

窓際に立っていた鐙鞍兵衛が振り返った。

「私はね、権力者っていうのは、常にストイックであるべきっていうのが信条でね。たとえば、推定無罪なんていうのを非常に重んじるわけさ。権力者がね、被疑者あるいは被告人の段階にある人物を、みだりに罪人呼ばわりしちゃいかんのよ。いや、一般の人だっていかんけど、権力者はなおさらね。だって刑が確定するまでは、何人たりとも無罪なんだもんね。わかる？」

鑓鞍はソファに座って、鶴田を睨んだ。

「おっしゃっている意味はわかりますが、意図がよく……」

鶴田がゆっくり首を横に振った。

翌朝、麗音が特命係の小部屋に飛び込んできたとき、部屋には亘しかいなかった。麗音は息を弾ませて亘に言った。

「加西周明が死にました！」

声を失くして振り返った亘に、麗音が訊いた。

「杉下さんは？」

「ああ、今日は右京さんの番なんで」

「え？」

時刻は十時になろうとしていた。右京は四谷の中央通り公園で張り込みをしていた。青木の解析結果から、あのホームレスのような人物が撮影されたのは十一時八分だとわかっていた。他に手がかりがない以上、その時間を頼りに張り込みをするしかなかった。そのとき加西周明の死を知らせる亘の電話がかかってきた。

加西死去の一報は衣笠から鑓鞍に伝えられた。

「やられちゃったの？　殺し屋に？」

驚きを隠せないようすの鑓鞍に、衣笠が告げた。

――事故死を装ってるようですが、九分九厘……。

右京と亘がタワーマンションの加西の部屋を訪れたとき、加西とボディガード七人、合わせて八体の遺体には白い布が被せられ、居間に横たえられていた。亘が一体の布をめくると、加西の穏やかな死に顔が現れた。

「悪い奴でも死ねば仏……」

亘がつぶやき、両手を合わせる。右京も倣った。

立ち上がったふたりは遺体の見つかったダイニングルームへ移動した。大きなテーブルの上には八つの七輪が置かれ、焼き網には黒焦げになった餅の残骸が載っていた。

「お餅を焼いて召し上がっていたようですねえ」

右京の見立てに亘が「ええ」と同意したとき、益子が入ってきた。

「そろそろ遺体運び出して、遺留品を押収しちまうから」

「遺体に目立った損傷なしと聞きましたが」

右京のことばを、益子が認めた。

「おお、きれいなもんだ」

亘は納得がいかないようすだった。

「こんな状態で八人全員お陀仏。やはり死因は一酸化炭素中毒？」

「まだ確定的なことは言えないが、間違いないと思う」

伊丹がダイニングルームに入ってきた。

「事故死ですよ。殺し屋の件がなけりゃね」

芹沢も続いて入ってきた。

「殺し屋のことがあるので疑ってかかってますけど」

右京が伊丹に質問した。

「誰が発見したんですか？」

「ボディガードを派遣していた警備会社の人間です。定期連絡が途切れて、まったく応答もないのを不審に思って、マンションの管理会社の人間を帯同して来てみたら、このありさま」

右京に替わって、中央通り公園の張り込みは麗音が担当していた。十一時を少し過ぎたとき、例のゴミ箱に、ホームレスのような身なりの人物が現れた。フードを被っているので、顔は見えなかった。麗音はスマホを取り出して、その人物を撮影した。

タワーマンションの一室では、亘が芹沢に疑問をぶつけていた。

「だけど、八つの七輪から発生する一酸化炭素で殺害となると、室内の換気を相当悪くしないと駄目ですよねえ」

「そりゃあ、室内の一酸化炭素濃度を致死量まで上げないとね」

「八つも七輪使うんだから、換気に注意しないはずないですよね。窓もベランダの戸も閉まってたっていうから、室内は密閉状態。エアコンも換気扇も必須ですね」

伊丹が亘の疑問に答えた。

「エアコンは消えてた。まさか死人が消したりしやしないだろうから、ずっと消えてたはずだが……。まあ八つの七輪で十分暖は取れるから、消してても不思議はない」

「まさか換気扇まで……」

「そのまさか」と芹沢。「換気扇も止まってた」

「そしたら、完全密閉状態じゃないですか」

「だから一酸化炭素中毒さ」

「これ、殺し屋じゃなくて、本当の事故じゃありません？　だってエアコンも換気扇も止まってる完全密閉空間で、八つも七輪使うなんてバカげたシチュエーションに、どうやって殺し屋が加西たちを誘い込んだっていうんです？」

根本的な疑問を投げかける亘に、伊丹が同意を示した。

「たしかにな」

芹沢も同調した。

「加西がいくら間抜けでもさ、他に七人ものボディガードがいたんだから、換気のことぐらい気づくよね？」

「まあ事故なら納得できますが、故意に仕組んだっていうなら無理ありますね」

亘が結論づけようとしたとき、冷蔵庫の中をのぞいていた右京がふと閃いたように言った。

「換気扇は回っていたけれど、フィルターに細工したんじゃありませんかねえ？」右京がダイニングルームの天井の換気扇を指差した。「そのフィルターにラップを張るだけで、換気扇が回っていても換気能力は極端に落ちます。事後にラップを外して処分して換気扇を消せば、うっかり換気を怠った事故に見せかけられますよ」

「じゃあ、殺し屋はどうやって加西たちに、七輪餅焼きパーティーなんてさせたんです？」

まだ半信半疑の亘に、右京は「それなんですがね」と言って、冷蔵庫のドアを開けた。大型冷蔵庫には大量の肉や野菜が入っていた。

「加西周明は料理がお得意だったのですかねえ？　単なる自炊というレベルではなく、プロの調理人並みの食材が詰まっています。これらの食材は、とても素人（しろうと）には歯が立ちませんよ」

そこへ益子がやってきた。

「おい。いま、外で小耳に挟んだんだが、ここんとこずっとこの部屋に出張料理人が出入りしてたそうだぞ」

「なるほど！」右京の眼鏡の奥の瞳が輝いた。「出入りしていた料理人ならば、ことば巧みに餅焼きパーティーを開催させることが可能なのではありませんかねえ」

中園は警視庁で伊丹からの電話を受けていた。

「その出張料理人が殺し屋だというのか？」

――その線が濃厚かと。

「早急に裏取れ！」

——いま、他の連中が進めてます。


右京と亘が特命係の小部屋に戻ると、麗音がひとりで待っていた。

「すみませんでしたねえ、急きょピンチヒッターをお願いして」

右京が礼を述べると、亘が気遣った。

「本当は君も臨場したかっただろうけど……」

「用事を言いつけてもらってよかったです。そうじゃなかったら、押しかけてたかもしれない。死に顔はどうでした？　加西周明の死に顔」

感情を押し殺して問う麗音に、右京はややためらってから、「穏やかでしたよ」と答えた。

「ええ」亘も同意した。「特に苦しんだようすもなく」

麗音は右京と亘に背中を向けて、「そうですか……」と絞り出すように言った。

麗音の背中に、右京が訊いた。

「それはそうと、結果はどうでした？」

「あ、すみません」麗音が振り返って、スマホを取り出した。「現れました」

九

伊丹と芹沢は万津幸矢の部屋に行った。

「万津さん、警察です。開けてもらえませんか？」

ノックする伊丹に、芹沢が言った。

「驚くでしょうねえ、あのお母さん。あいつが殺されたって知ったら」

「まさかこんな展開になるとはな……。万津さん、開けてください！」

ドアの内側でふたりの会話を聞いた蒔子は、窓から逃亡した。


亘のスマホに、伊丹から電話がかかってきた。

「お母さんが逃亡した⁉」亘はスマホの通話口を手で覆った。「右京さん……」

右京は落ち着いていた。

「心配はいりません。彼女は逃げたりなどしませんよ。行き先はわかっています」


その万津蒔子は東京拘置所の面会室にいた。待っていると、刑務官が朱音静を連れてきた。蒔子は仕切りのアクリル板に体をぶつけんばかりの勢いで言った。

「加西が死んだとよ！」

「本当⁉」静が声をあげた。

「うん、殺されたって！」

大声で話し合っているふたりに、刑務官が尖った声で注意した。

「おい！　面会中止にするぞ」

そのとき面会室のドアが開き、右京と亘が入ってきた。

「やはりここでしたね」

右京が言うと、蒔子は頭を下げた。

「申し訳ありません。すぐ行きます」

アクリル板越しに、静が叫んだ。

「待って！　お母さんはなにも悪くない！」

「あんたは黙っとって！」蒔子はいつになく険しい声で静に注意すると、右京に向かって両手首をそろえて差し出した。「すべてわたしの一存です」

「お母さん……」静の声がうわずった。

右京が蒔子と静をじっと見据えた。

「あなたの……いえ、あなた方の作戦は失敗ですよ。あなた方は殺し屋など雇っていません。騙されたんです。まだ確たる証拠はありませんが、間違いなく。証拠がないので嫌疑は晴れませんから、一応ご同行は願いますがね」

亘が蒔子に優しく言った。

「とりあえずその手、引っ込めてください。そのポーズもドラマで覚えたんですか？」

加西の部屋に来ていた出張料理人は藤原久美子という中年の女性だった。プロフィールに掲載された顔写真を見る限り、柔らかい笑顔のどこにでもいそうな女性だった。そのことを伊丹と芹沢が中園に報告した。

「〈クックロータリー〉？」

訊き返す中園に、芹沢がうなずいた。

「ええ。そういう社名の出張料理人派遣会社だそうです」

「セレブ御用達のようで」

伊丹が言うと、芹沢が続けた。

「加西周明もときどき利用してたみたいですね」

「ところが今回派遣されてきたのは、殺し屋だったということか」

中園の疑問に、芹沢が答えた。

「今回の藤原久美子っていうのは——まあもちろん偽名でしょうけれど——去年の十二月に登録されたばかりだったそうです」

「……ん？」

訝しげな中園に、伊丹が補足する。

「ええ、万津蒔子が殺しを依頼した時期と一致します」

「ただ特命係によると、万津蒔子は騙されただけで、殺し屋を雇ってないっていうんですけどね」

芹沢が右京の見解を述べると、伊丹は蒔子の考えを伝えた。

「でも本人は、まだ雇ったつもりでいるようですが」

「いずれにしても、昨年十二月頃から殺し屋は殺害の準備を進めてたってわけだ。だが待てよ。料理人のほうから派遣先を選べるわけじゃあるまい」

伊丹が中園の疑問に答えた。

「もちろんそうです。藤原久美子を指名したのは加西のほう。顧客はホームページの登録料理人紹介ページを見て、指名するシステムですから」

「ということは、その藤原という殺し屋は、なんらかの方法で加西から指名されるよう誘導したってことか」

内村完爾は副総監室で衣笠藤治を責めていた。

「お答えいただくまでは、今日はてこでも動きません。加西周明、とうとう死にましたぞ。副総監が圧力に屈して逮捕を見送らせた結果です！」

昼食の弁当を食べていた衣笠は、不味(まず)いものを口にしたように、箸(はし)をおいた。

「圧力などなかったよ。何度も言わせるな」

「たとえ最終的に副総監の忖度によるものだったとしても、ことば巧みに、そこへたどり着くようにいざなったとしたら、それは圧力と一緒なんですよ」

「忖度であったことは認めよう。だが、君の想像とは違う。鐙鞍先生に忖度したわけじゃない。先生はこうおっしゃったんだ……」

国家公安委員長の鐙鞍兵衛は、衣笠に対してこう言ったのだった。

——加西周明の逮捕だけどね、くれぐれも慎重にやりなさいよ。加西と鶴田官房長官は持ちつ持たれつ、よろしくやっている仲なんだからね。

「……いわば助言だよ。まったく圧力なんてもんじゃない。その助言を受けて、僕はたしかに忖度をした。鐙鞍先生ではなく、鶴田官房長官にね」

内村にとっては納得がいかない言い訳だった。

「どちらに忖度したにしても、あなたはデュープロセスをねじ曲げた。そうじゃありませんか？」

「たしかに逮捕を止めたが、そもそも事件捜査の原則は任意捜査だよ。被疑者を誰も彼も逮捕するみたいに思われてるのは、くだらないテレビドラマの悪影響だね。そもそも逮捕は止めたが、捜査を止めた覚えはない」

「なんですと！」内村が衣笠を睨んだ。

「一度でも僕が君たちに、加西の捜査をやめろと言ったかね？　任意で捜査を進めたらよかったんだよ。なのに君らは僕への忖度で事件捜査まで放棄した。人の忖度を非難する前に、自分の忖度を恥じたまえよ！」

「詭弁だ！」

大声で糾弾する内村に、衣笠が恫喝するように言った。

「いまの君はそう言うが、前の君は同じ穴の狢だったろうが。偉そうにとやかく言う前に、まず自分を総括して出直してこい！」

特命係の小部屋では、青木が右京に報告していた。

「ご想像どおりでした」

「やはりそうでしたか」

「鶴田官房長官は毎年恒例、内輪のお誕生会で、〈クックロータリー〉の出張料理人を使ってます」

「となれば、鶴田官房長官の誘導があった可能性があり」

亘が言ったとき、入り口から咳払いが聞こえた。そこには内村の姿があった。こそこそと逃げ出そうとする青木を「コラ！」と一喝し、内村は右京と亘に、ＩＣレコーダーを差し出した。

「まさかお前たちの差し金で動くことになるとは、夢にも思わなかった。釈迦に説法だが、許可を得ずに録音したものだ、証拠能力は否定されるかもしれん。あっ、なにも言うな。俺は今自己嫌悪の真っただ中だ」

内村はそれだけ述べると、不機嫌そうな顔で去っていった。

直立不動の姿勢で内村を見送った右京と亘は、さっそくＩＣレコーダーを再生した。しばらくすると、衣笠の声が聞こえてきた。

――その助言を受けて、僕はたしかに忖度をした。鑓鞍先生ではなく、鶴田官房長官にね。

ＩＣレコーダーの再生を終えて、亘が言った。

「どうやら鑓鞍先生、嘘は言ってませんでしたね」

「結果的に副総監の圧力となったのは、鶴田翁助官房長官でしたか」

「圧力といい、誘導といい、今回の件、鶴田翁助が深く関わってる気が……」

右京が亘に同意した。

「同感です」

特命係のふたりは〈エンパイヤ・ロー・ガーデン〉を訪れ、ガラス張りの会議室で、中郷都々子、三門安吾と面会した。

「証拠は？」

そう質問した三門に、亘は都々子のほうを見ながら答えた。

「DNA鑑定しました。切手の唾液とあなたのそれを」

右京が説明した。

「用心のために、切手を舐めて貼るようなことはなさらないと思いましたが、三十通もありますからねえ。ひょっとして幾度かは気が緩んだりすることもあるかと」

亘が後を続けた。

「そしたら二枚の切手からDNAが検出され、君のと一致した。唾液の採取には君の使ったストローを持ち帰った」

都々子が憎々しげに顔を歪めた。

「女の子の使用済みストローを持ち帰るなんて……変態かよ」

「買収金を受け取ってた万津蒔子の証言もあるし、手形を送ってたのは君であることは、ほぼ確定的だよね」

亘から水を向けられても、都々子はなにも答えなかった。

「あれ？　得意のノーコメント？」

亘にからかわれた都々子が三門に言った。

「退職届書きます」

「そうだね」三門は躊躇なく認めた。

「ご迷惑かけました」

三門に一礼して、都々子は足早に会議室から出ていった。

「ちょちょ……ちょっと待って！」

亘が都々子の後を追った。

「懲戒請求でも出しますか？」

三門のことばに、右京が静かに応えた。

「彼女を辞めさせたからといって済む話ではないと思いますがねえ」

「むろん、監督不行き届きの誹りは甘んじて受けますよ」

「そんなことではありません。手形が不渡りになったときのことです」

「なに⁉」

三門がわずかに顔色を変えたとき、亘が戻ってきた。

「取り付く島なし」

「そうですか」右京は亘に言って、三門に向き直った。「失敬。続けます。加西周明、悪党ではありますが、金離れはすこぶるよい。つまり、約束の金を惜しんで渡さないというようなまねはしないということです」

亘が右京のことばを受けた。

「クライアントである加西から買収の依頼を受けて、その資金六億円あまりを、この事務所で受け取ってるはずですよね？」

「加西本人が三十回の約束手形に分けたとは思えませんから、こちらの都合でそうしたに違いありません。しかし、もしそれらが今後不渡りになったとしたら、それは詐欺ではありませんか？」

「本来払うべきものを払わずに済ますわけですからね。クライアントから預かった金、不当に横取りしたことになります」

右京と亘から交互に責め立てられても、三門は黙したままだった。

「もしも息のかかった割引業者と結託して、手形の不渡りを仕掛けていたとしたら、加西がそれを知ったら一大事。しかし加西が殺害されるとわかっていれば、安心してできますよねえ。まあ、真偽はいずれわかります。もし不渡りが出るようなことがあれば、また参りますので」

右京が立ち上がると、亘も倣った。

「その際には、どうぞよろしくです」

ふたりが立ち去った後、三門は鶴田に救いを求めた。

鶴田翁助は官邸の執務室で三門からの電話を受けた。

「心配せんでいいですよ。あのふたりの好きにはさせません」

——どうかくれぐれもお気をつけて。

鶴田の身を案じる三門に、鶴田は「ええ、ありがとう」と応じて電話を切った。そしてすぐに、栗橋東一郎に電話をかけた。

〈エンパイヤ・ロー・ガーデン〉を出ながら、亘が右京に話しかけた。

「さて、動き出しますかね？」

「当然動くでしょうねえ」

「では、我々も」

亘が右京に目配せした。

黒いフード付きのダウンジャケットを着、黒いマスクで顔を隠した細身の人物が、廃倉庫に入り、パソコンを操作した。そして置いてあったコンビニのレジ袋を手に取った。

そこへ、突然、亘が入ってきた。

「失礼ながら尾行させてもらいました」

亘の横には右京の姿もあった。

「尾行するのはお得意でしょうが、されるのは慣れていないようですねえ。内閣情報調査室、柾庸子さん」

黒ずくめの人物がフードを脱いで、マスクを外した。右京の言うとおり、柾庸子だった。

「どうしてわたしだと？」

「殺し屋の正体がわかったからですよ。正体はホームレスでした。正真正銘のホームレス」右京が麗音の撮影した写真をスマホに表示して見せた。「これは先日、捜一の捜査員が、四谷の中央通り公園で撮ったものです」

亘も写真を表示した。

「そしてこれが、過日、あなたから提供していただいた、殺し屋の画像」

「そっくりですねえ」と右京。

「この人、あちこちを徘徊してて、週に二回、決まって午前十一時過ぎ、このゴミ箱をあさってるんですよ」

「このいでたちが正体を隠すための扮装と思うと、真実を見失います。なにしろ扮装などではなく、このいでたちこそが、この人物の正体なのですからねえ」

「どうしてあなたは、こんなフェイク画像を、我々に寄越したのか？」亘が右手の人差し指を立てた。「ひとつは目眩まし」

右京も右手の人差し指を立てた。

「それからもうひとつは……これが重要、万津蒔子が雇った殺し屋が間違いなく存在するということを印象づけるため。そのための工作だった」

　亘がズバリと斬り込んだ。

「あなた、同郷の中郷都々子から情報を得たとき、それを利用しようとたくらんだでしょう？　殺し屋を雇って加西周明を殺害した罪を万津蒔子に被せようと」

　右京が二の矢を放つ。

「なぜそんなことをしたかと言えば、あなたも加西周明殺害を計画していたからに他なりません。だから、朱音静と万津蒔子が密かに進めた殺し屋計画は、渡りに船だった」

　右京は再び右手の人差し指を立てた。「実はここに至って、当初からの疑問がひとつ氷解しました。素人がネットの闇サイトを徘徊したところで、そう簡単に殺し屋など雇えるものだろうかという疑問です。雇えませんよ、普通。そう簡単には」

　右京のことばを、亘が受けた。

「ところが、万津蒔子は雇った。パソコンで殺し屋とメールをやり取りして、殺しを依頼できた」

　そこで右京が三の矢を放った。

「ええ。メールの相手はあなただったからですよ。そうやってあなたは、万津蒔子に罪を着せる一方で、正真正銘の殺し屋を雇い入れて、加西周明殺害を実行した」

「藤原久美子と名乗る出張料理人。それがあなたの雇った本物の殺し屋ですよね？　ちょっとすみません」亘が庸子の持っていたコンビニのレジ袋を手に取った。中には札束が入っていた。「これが殺し屋を騙って万津蒔子さんから受け取った、前金の一千万円ですね」

「まさかあなたも、独断でこのような工作はしないでしょう。命じた人物がいるはずです」

ついに庸子が口を開いた。しかし、発せられたことばは、「あなたたちにお話しすることはなにもありません」というものだった。

右京と亘は官邸を訪れた。予想に反して、鶴田が面会を許してくれたのだ。

右京は正義の人だった。相手が誰であろうと怯むことはなかった。

「我々は、副総監に圧力をかけてまでの不逮捕が、加西周明救出のためと思っていました。しかしそうではなかった。加西を抹殺するために逮捕を妨害したのですね？」

亘も上司と同じく正義漢だった。

「加西が収監されてしまっては、殺害は不可能。野放しにしておく必要があった」

「で？」鶴田が関心なさそうに促した。

亘が官房長官を告発した。

「柾庸子に加西殺害の指令を下したのはあなたでしょう」

「まさか！　僕が？」鶴田はポーカーフェイスだった。「なんで僕がそんなことを？」

右京が加西周明の殺害動機に踏み込んだ。

「逮捕され、取り調べを受けたら、なにを言い出すかわからないからですよ。あの性格です。自棄（やけ）を起こして、洗いざらいぶちまけないとも限りません」

「あなたと彼の持ちつ持たれつの関係が明るみに出ると、いろいろ差し障りがあるんじゃありませんか？」

亘の指摘を、鶴田が一部認めた。

「そりゃまあね、多少は差し障りあることもあるかもしれんがねえ……」

そのとき、鶴田の脳裏には、鐙鞍とのやりとりが去来していた。昨日、鶴田を訪ねてきた鐙鞍は、こう忠告してきた。

「加西周明、少しは自重するように言いなさいよ。甘い顔すると、どんどんつけ上がっちゃう典型だね、あれは」

鐙鞍も加西と仲がよいのだから、自分で忠告したらどうかと言うと、鐙鞍はこう返したのだった。

「言うとおり彼とは仲良し。純粋に友達付き合い。献金だって付き合い程度だしね。要は君ほど、彼と持ちつ持たれつの関係じゃないってこと。君が忠告したほうが僕なんかより、ずーっと効くと思うんだよねえ」と。

鶴田はそのときの会話を頭から振り払い、続けた。

「……人ひとり殺すようなバカなまね、するわけないだろう、この僕が。あっ、そうだ！　そういやね、柾庸子くんがね、ずいぶん憤慨していたよ」

「憤慨？」亘が訊き返した。

「こんな事態を招いたのも、我々が加西を甘やかした結果だって。ここまで奴を増長させたのは、僕も含め、鐙鞍先生やその他もろもろ、彼の金に群がった人間たちだって。ああ、ひょっとして、義憤に駆られた彼女の暴走じゃない？」

「すべては彼女の一存だと？」と右京。

「それともなにかい？　彼女、僕の指示を受けたとでも言っているのかな？」

「いいえ」右京が認めた。

「だろう？　いくらなんでも失敬だよ」

「申し訳ありません」亘が頭を下げ、そのあと言った。「我々、喧嘩（けんか）売りに来てるもんで」

「なに⁉」

わずかに顔色を変えた鶴田に、右京が宣言した。

「宣戦布告です」

「宣戦？　この僕と事を構えようっていうの？」

鶴田が不敵な笑みを浮かべた。口調は穏やかだったが、剣呑な響きがあった。

「我々は必ずあなたの悪事を暴いてみせます」

右京が鶴田の目を見据えて断言した。

警視庁の取調室では、伊丹と芹沢を前に、庸子が淀みなく自白をしていた。

「加西周明は肥大化しすぎました。放っておくと日本国のためになりません。だからです。もちろん誰の指示も受けていません。わたしの一存でやりました」

取り調べのようすを隣の部屋からマジックミラー越しに見ていた亘が、隣の右京に訊いた。

「彼女、ひとりで罪を被るつもりですかね？」

「ええ。鶴田官房長官とは阿吽の呼吸ですねえ」

右京の隣には社美彌子の姿もあった。

「彼女、鶴田官房長官と愛人関係のようよ」

「なるほど……」

右京が噛みしめるように言った。

翌日、鶴田翁助は記者会見に臨んだ。

「この度の内調職員の暴走は、法治国家たる我が日本国の土台を揺るがしかねない、許しがたき暴挙。公僕たる彼女の立場から言っても、厳罰に処すべきと考えます」

神妙な面持ちで語り、無事に会見を終えた鶴田は、官邸の執務室に戻って栗橋東一郎に電話をかけた。

「警視庁の杉下右京と冠城亘、消し去りたいねえ……あのふたり。いや、そうじゃない。警視庁からじゃないよ」

相棒 season 19（第14話〜第20話）

STAFF

エグゼクティブプロデューサー：桑田潔（テレビ朝日）
チーフプロデューサー：佐藤凉一（テレビ朝日）
プロデューサー：髙野渉（テレビ朝日）、西平敦郎（東映）、
土田真通（東映）
脚本：輿水泰弘、山本むつみ、児玉頼子、瀧本智行、神森万里江、
杉山嘉一
監督：片山修、東伸児、田村孝蔵、橋本一
音楽：池頼広

CAST

杉下右京…………………………水谷豊
冠城亘……………………………反町隆史
小出茉梨…………………………森口瑤子
伊丹憲一…………………………川原和久
芹沢慶二…………………………山中崇史
角田六郎…………………………山西惇
青木年男…………………………浅利陽介
出雲麗音…………………………篠原ゆき子
益子桑栄…………………………田中隆三
大河内春樹………………………神保悟志
中園照生…………………………小野了
内村完爾…………………………片桐竜次
衣笠藤治…………………………杉本哲太
社美彌子…………………………仲間由紀恵
甲斐峯秋…………………………石坂浩二

制作：テレビ朝日・東映

第14話　初回放送日：2021年1月27日

忘れもの

STAFF

脚本：山本むつみ　監督：片山修

GUEST CAST

中迫俊也 ………… 宮川一朗太

第15話　初回放送日：2021年2月3日

薔薇と髭の不運

STAFF

脚本：児玉頼子　監督：東伸児

GUEST CAST

ヒロコ………………… 深沢敦　池澤麻尋 …………… 瀬川亮

第16話　初回放送日：2021年2月17日

人生ゲーム

STAFF

脚本：瀧本智行　監督：東伸児

GUEST CAST

安村剛……………… 今野浩喜

第17話　初回放送日：2021年2月24日

右京の眼鏡

STAFF

脚本：神森万里江　監督：田村孝蔵

GUEST CAST

田崎恭子 ……… かとうかず子

第18話　　初回放送日：2021年3月3日

選ばれし者

STAFF

脚本：杉山嘉一　監督：田村孝蔵

GUEST CAST

久保塚雅美…………前田亜季　　黒岩雄一…………上杉祥三

第19話　　初回放送日：2021年3月10日

暗殺者への招待

STAFF

脚本：輿水泰弘　監督：橋本一

GUEST CAST

加西周明…………石丸幹二　　柾庸子…………遠山景織子
万津蒔子…………松永玲子　　朱音静…………日南響子
鶴田翁助…………相島一之　　鐙鞍兵衛…………柄本明

第20話　　初回放送日：2021年3月17日

暗殺者への招待〜宣戦布告

STAFF

脚本：輿水泰弘　監督：橋本一

GUEST CAST

加西周明…………石丸幹二　　柾庸子…………遠山景織子
万津蒔子…………松永玲子　　朱音静…………日南響子
鶴田翁助…………相島一之　　鐙鞍兵衛…………柄本明

相棒（あいぼう） season19　下

朝日文庫

2021年12月30日　第1刷発行

脚　本　輿水泰弘（こしみずやすひろ）　山本むつみ（やまもと）　児玉頼子（こだまよりこ）
瀧本智行（たきもとともゆき）　神森万里江（かみもりまりえ）　杉山嘉一（すぎやまよしかず）

ノベライズ　碇　卯人（いかり うひと）

発行者　三宮博信
発行所　朝日新聞出版
〒104-8011　東京都中央区築地5-3-2
電話　03-5541-8832（編集）
03-5540-7793（販売）
印刷製本　大日本印刷株式会社

定価はカバーに表示してあります

ISBN978-4-02-265014-6

落丁・乱丁の場合は弊社業務部（電話 03-5540-7800）へご連絡ください。

送料弊社負担にてお取り替えいたします。

朝日文庫

相棒season14（上）
脚本・輿水　泰弘ほか／ノベライズ・碇　卯人

異色の新相棒、法務省キャリア官僚・冠城亘が登場！　刑務所で起きた殺人事件で、新コンビが活躍する「フランケンシュタインの告白」など七編。

相棒season14（中）
脚本・輿水　泰弘ほか／ノベライズ・碇　卯人

殺人事件を予言した人気漫画に隠された真実に迫る「最終回の奇跡」、新政権発足間近に起きた爆破事件を追う「英雄～罪深き者たち」など六編。

相棒season14（下）
脚本・輿水　泰弘ほか／ノベライズ・碇　卯人

山深い秘境で遭難した右京が決死の脱出劇を繰り広げる「神隠しの山」、警察訓練生による大量殺戮テロが発生する「ラストケース」など六編。

相棒season15（上）
脚本・輿水　泰弘ほか／ノベライズ・碇　卯人

ある女性の周辺で起きた不可解な死の真相に、右京と亘が迫る「守護神」、独特なシガーの香りから連鎖する事件を解き明かす「チェイン」など六編。

相棒season15（中）
脚本・輿水　泰弘ほか／ノベライズ・碇　卯人

郊外の町で隠蔽された警察官連続失踪の闇に迫る「帰還」、目撃者への聴取を禁じられ、出口の見えない殺人事件に挑む「アンタッチャブル」など六編。

相棒season15（下）
脚本・輿水　泰弘ほか／ノベライズ・碇　卯人

籠城犯の狙いを探りあてた右京が、亘とともに巨悪に挑む「声なき者」、世間を騒がせる投稿動画に特命係が鋭く切りこむ「ラストワーク」など五編。

朝日文庫

相棒season16（上）
脚本・輿水　泰弘ほか／ノベライズ・碇　卯人

証拠なき連続殺人事件に立ち向かう特命係と権力者たちとの対峙を描く「検察捜査」、銀婚式を目前にした夫婦の運命をたどる「銀婚式」など六編。

相棒season16（中）
脚本・輿水　泰弘ほか／ノベライズ・碇　卯人

外来種ジゴクバチによる連続殺人に特命係が挑む「ドグマ」、警視庁副総監襲撃事件と過去の脅迫事件との繋がりに光を当てる「暗数」など六編。

相棒season16（下）
脚本・輿水　泰弘ほか／ノベライズ・碇　卯人

不穏な手記を残した資産家の死をホームレスと共に推理する「事故物件」、ホステス撲殺事件に隠された驚愕の真実を解き明かす「少年A」など六編。

相棒season17（上）
脚本・輿水　泰弘ほか／ノベライズ・碇　卯人

資産家一族による完全犯罪に右京の進退を賭けて挑む「ボディ」、拘禁中の妖艶な女詐欺師が特命係を翻弄する「ブラックパールの女」など六編。

相棒season17（中）
脚本・輿水　泰弘ほか／ノベライズ・碇　卯人

外国人襲撃事件を単独捜査する伊丹の窮地を救う「刑事一人」、凱旋帰国した世界的歌姫が誘拐・殺人事件に巻き込まれていく「ディーバ」など六編。

相棒season17（下）
脚本・輿水　泰弘ほか／ノベライズ・碇　卯人

経産省キャリア官僚殺害事件の謎を追う「99%の女」、少年の思いに共鳴した〈花の里〉の女将、幸子の覚悟と決断を描く「漂流少年」など六編。